Karine Reysset est née en 1974. Elle a grandi entre Arras, Rouen et la banlieue parisienne. Après dix ans passés à Paris, elle s'installe à Saint-Malo. En 2003, elle publie son premier roman, *L'Inattendue*. Suivront *En douce* en 2004, *À ta place* en 2006 et *Les Yeux au ciel* en 2011. Elle écrit aussi pour la jeunesse.

Karine Reysset

LES YEUX AU CIEL

ROMAN

Éditions de l'Olivier

TEXTE INTÉGRAL

ISBN 978-2-7578-2791-8
(ISBN 978-2-87929-762-0, 1re édition)

À celui qui dort sous les myosotis

Pour Olivier

JEUDI

Lena

Michael Jackson venait de mourir, et ça ne lui faisait rien. Derrière la fenêtre à petits carreaux entrouverte, le cèdre bleu effleurait le toit, les fils électriques. Il faudrait l'élaguer. Il y avait tant de choses à faire, toujours, des choses ordinaires. Assise sur son lit, Lena tenait un body d'une main, une robe à pois de l'autre. Autour d'elle, des piles plus ou moins droites de vêtements, quatre exactement. Une pour Zoé, une pour Théo, une pour Vincent, et une pour elle, évidemment. Il ne fallait pas qu'elle s'oublie. Cela ne risquait pas avec les pensées qui l'assaillaient, des mauvaises pensées. S'il n'y avait eu que ça. Ces derniers mois, elle avait des bouffées, des pulsions, des crises, elle ne savait comment les nommer. Puis elle avait envie de pleurer – souvent même elle pleurait – et de sauter par la fenêtre. Pourtant, elle n'était pas malheureuse, n'avait aucune raison de l'être.

Lena consulta sa liste. Elle tenait ça de Marianne. Comment sa mère s'en était-elle sortie ? Ils étaient trois à la maison, plus Achille l'été, les cousins cousines, les copains les copines qu'elle prenait en vacances. Avec seulement deux enfants, Lena avait l'impression de se noyer dans un verre d'eau. Elle sombrait, et personne ne s'en rendait compte. Elle devait courir après le petit, il bravait le danger à chaque seconde comme s'il cherchait à user ses nerfs, éprouver sa terreur. Elle ne le quittait pas des yeux, et avec sa fille, c'était pareil.

Vincent l'appela (elle se sentit prise en faute, les bagages étaient-ils prêts ?). Il préférait rouler de nuit, c'était plus pratique avec les enfants. Elle lui répondit « oui, presque » d'une voix faussement enjouée.

Un jour ou l'autre, un malheur arriverait, il ne faudrait pas s'étonner. Quelquefois elle s'imaginait lâcher son dernier-né dans l'escalier, le laisser se noyer dans son bain. Marianne, elle, ne râlait jamais, jamais elle n'avait ne serait-ce que soupiré. Lena s'entendait parfois crier, et après elle se griffait les bras, elle les aimait tellement. « Vous me tuez, mes amours, à petit feu », chuchota-t-elle.

Son mari voyait quelqu'un, elle en était convaincue. Dans un sens, ça l'arrangeait. Elle avait installé un futon à côté du lit à barreaux de Théo. Son corps éprouvé requérait du repos, ses plaies devaient cicatriser. Elles se nichaient surtout dans sa tête, elle en avait conscience.

Elle avait été soulagée d'avoir un fils. Contrairement à Vincent, elle ne voulait pas de troisième enfant. « On ne fait pas un élevage », l'avait-elle prévenu. Elle songeait à prendre rendez-vous afin que sa décision soit irréversible. Mais elle était velléitaire, et pour l'instant elle n'avait rien fait (ni pour le cèdre, ni pour le reste).

Il allait lui falloir déplacer des montagnes pour gagner la mer. Elle testerait le point où sa résistance céderait, où ses nerfs menaceraient de lâcher comme des élastiques trop usés. Mais son père était âgé, elle devait prendre soin de lui.

Dix minutes plus tard, le ciel virait au rose. La tempête était passée, elle pouvait se remettre au travail.

Scarlett

Quand Scarlett eut fini de préparer les lits, elle monta au dernier étage. La pièce était ouverte, certains jours elle ne l'était pas. Il n'y avait pas de règles, ou Scarlett ne les avait pas bien comprises. Elle éternua aussitôt. Le ménage n'y avait pas été fait depuis longtemps, papé et mamé n'y mettaient jamais les pieds.

Scarlett alluma sans succès le plafonnier. Les carreaux sales ne laissaient entrer que peu de lumière. La vue était belle cependant. Avec le bureau de Noé, le grenier était l'un des seuls endroits d'où l'on pouvait apercevoir la mer. Papé était parti en bateau, seul. Elle n'aimait pas ça. Soixante-dix ans, c'est vieux quand même.

Il régnait là un bazar incommensurable. Ça avait toujours été le cas, mais depuis le déménagement, c'était pire : tableaux, affiches roulées ou encadrées, cartons restés fermés (sans doute à jamais), contenant les archives familiales, des cahiers d'écoliers, des carnets de correspondance et des copies doubles griffonnées. Jouets d'une autre époque (un cheval à bascule, une dînette en porcelaine posée sur une desserte en rotin entourée de chaises d'enfant dépareillées). Un abat-jour au crochet couvert de toiles d'araignée et de crottes de souris trônait sur un bahut défoncé. Scarlett ouvrit l'armoire normande et fut prise d'une quinte de toux. Elle la referma illico. À l'intérieur, elle avait aperçu des robes qu'elle ne se rappelait pas avoir portées.

Certains soirs, Scarlett entendait des bruits, comme un chuchotis. Au début elle avait cru que le vent pinçait les branches du grand chêne comme les cordes d'une harpe, puis elle avait entrevu une ombre danser sur les murs de l'escalier. Elle l'avait appelée Bonnie et lui parlait dans sa tête.

Scarlett aimait se faufiler, explorer. Elle connaissait les secrets des maisons environnantes (notamment la cachette des clés), les adultes n'avaient pas beaucoup d'imagination. Elle ne touchait à rien, regardait seulement. C'était ainsi qu'elle avait rencontré Simon. Elle admirait ses tableaux et ses meubles Majorelle, quand il avait surgi derrière son dos : « Ça vous plaît ? » Il était distingué et plein de charme. Il lui avait proposé un thé ou un café, elle avait demandé, intimidée : « Un chocolat chaud, si vous avez. » Elle s'était tenue sur ses gardes pendant ce goûter improvisé. Il avait savamment agencé des pâtisseries orientales sur un plateau en argent et parlé voyages. Elle avait laissé un mois s'écouler avant de revenir. Depuis, ils se voyaient régulièrement. Ils jouaient aux dames, au Monopoly. Prenaient du thé au jasmin et dégustaient des tartelettes au citron. Fumaient le narguilé, parfumé à la menthe ou au caramel. Parfois, il lui coiffait les cheveux, lui posait du vernis à ongles, la maquillait comme une princesse. Avant de se quitter, ils effaçaient tout. Ses yeux piquaient à cause des vapeurs de dissolvant. Elle allait se baigner et il n'y paraissait plus rien. Un soir, il l'avait invitée au restaurant. (Elle avait menti à Marianne et Noé, leur disant qu'elle dînait chez une amie, ils auraient dû se méfier, elle n'avait pas d'amis.) Simon l'avait fait passer pour sa fille, ils s'étaient follement amusés. La dernière fois, il lui avait embrassé les pieds et elle l'avait prévenu : s'il s'avisait de recommencer, ce serait fini. Il avait versé quelques larmes. Ça l'avait surprise qu'il puisse pleurer pour ça.

Par la fenêtre du grenier, Scarlett vit la Coccinelle jaune se garer. Elle remit tout en ordre, referma soigneusement la porte et descendit les marches quatre à quatre. Elle sortit sur le perron après avoir enfilé ses sabots. Marianne déchargeait le coffre, et l'adolescente s'empressa de transporter les paquets.

– Ça y est, mamé, les lits sont prêts.

– Merci, ma chérie.

Marianne avait l'air fatiguée. Depuis deux jours, elle n'arrêtait pas.

– Tu veux que je t'aide à ranger les courses ? proposa Scarlett.

– Non, tu en as déjà fait beaucoup.

Scarlett se servit un verre d'eau et grimpa sur l'un des tabourets du bar qui séparait la cuisine de la salle à manger. Elle n'aimait pas voir sa grand-mère accroupie devant le frigo.

– Mamé ?

– Oui ?

– Pourquoi on n'utilise pas la pièce du fond, là-haut ? Les invités seraient moins à l'étroit.

– Qu'est-ce que tu me chantes ! C'est un grenier, voyons.

– Je pourrais m'aménager un coin et prêter ma chambre.

– Non, ce n'est pas la peine.

– En plus…

– N'insiste pas !

Scarlett ne posa plus de questions, elle n'en posait jamais plus qu'il ne fallait, elle avait peur des réponses. Marianne était contrariée, cela se voyait à peine, mais Scarlett la connaissait bien. Elle lui redemanda qui allait venir et dans quel ordre. Ses grands-parents étaient tout excités par ce week-end. La famille ne s'était pas rassemblée depuis une éternité et l'anniversaire de Noé leur avait fourni un excellent prétexte.

– Lena et les enfants débarquent dans la nuit, fais-moi penser à leur laisser un trousseau dans la cabane à outils. Merlin arrivera ce soir ou demain matin.

Le téléphone sonna, et Marianne lâcha tout pour répondre.

Cela faisait des mois que Scarlett n'avait pas vu Merlin. La dernière fois qu'il l'avait appelée, il lui avait semblé exalté. Pour son anniversaire, il lui avait envoyé une carte ainsi qu'un cadeau (un collier africain, resté dans son coffret), il n'avait pas oublié cette année. Elle ne savait jamais comment se comporter avec lui. C'était plus facile lorsqu'elle était petite, Merlin l'emmenait au jardin, ils mangeaient des glaces et sautaient sur des trampolines. Les souvenirs de Scarlett devenaient flous à mesure qu'elle grandissait, néanmoins elle se rappelait les fois où il avait commencé à divaguer, à sortir une flasque de whisky de son sac. « Ce n'est pas bon pour ta santé », le réprimandait-elle. « Je sais », répondait-il. Merlin n'était plus comme ça désormais.

– Encore un démarchage, fit Marianne. On va finir par se mettre sur liste rouge. Où j'en étais ? Ah oui, Stella n'a pas pu se libérer avant samedi.

– Elle viendra avec Charlotte ?

– Oui, je crois. En tout cas, elle sera accompagnée.

Scarlett était pressée de voir Stella. Sa jeune tante était de loin sa préférée. Comme une grande sœur, elle l'aidait à choisir ses nouvelles tenues, impossible de se fier à mamé dans ce domaine, cela lui avait joué trop de tours au collège. Elle avait juste du mal à comprendre que Stella préfère les filles. Elle était bien contente – touchait du bois – de rester plate comme une limande et de ne pas encore avoir ces putains de règles qui rendaient grognons ses camarades de classe.

– Et tonton Achille ? continua-t-elle.

– Eh bien, aujourd'hui, il me semble. Ça m'était complètement sorti de la tête. Tu veux un thé ?

Marianne remplit la bouilloire et la posa sur son nouveau jouet, une cuisinière à induction en acier chromé. Elle attrapa le mélange vanille parmi une collection de boîtes soigneusement alignées sur l'étagère en métal laqué blanc.

– Ils ont quel âge maintenant ? demanda Scarlett.

– Qui ?

– Les triplés.

– Neuf ou dix ans, à peu près.

Une seconde, Scarlett fut déçue, elle n'aurait personne avec qui jouer, mais elle ne jouait plus trop, alors à quoi bon ?

Achille

Il avait oublié : Saint-Lunaire, les grandes villas en pierre du pays, les toits en ardoise, les tourelles, les pins gigantesques, les jardins en terrasses aux bosquets taillés donnant sur la mer. Les cabines de bain rayées rouge et blanc sur la plage. Les falaises de chaque côté. Le temps s'était arrêté, rien ou presque n'avait changé. Seul le grand hôtel avait été reconverti en appartements. *Les Myosotis* était situé derrière, dans une impasse. Achille gara la voiture de location. À l'arrière, Gus, Syd et Rose semblaient sonnés par le décalage horaire.

Ils étaient allés se dégourdir les jambes d'abord. Les enfants avaient couru jusqu'au rivage, c'était marée basse. Gus avait gagné haut la main, il était de loin le plus sportif. Syd était brillant, mais continuellement dans la lune, et sa fille parlait pour trois. Achille avait pris un gobelet de café à la paillote. La gaufre au sucre qu'on lui avait servie l'avait ramené trente ans en arrière, et sa gorge s'était serrée. Il s'était rappelé comment Violette les dévorait en deux bouchées, alors qu'elle faisait la fine bouche pour le reste, qu'il fallait user de stratagèmes pour la nourrir.

Ils avaient essayé d'en confectionner, Marianne avait investi dans un gaufrier, mais évidemment « ce n'étaient pas les mêmes ».

Dans l'avion, les gosses avaient été agités, mais dans l'ensemble le voyage s'était bien déroulé. À leur demande, Achille avait dessiné un arbre généalogique pour qu'ils ne soient pas complètement perdus. Ça ressemblait à ça.

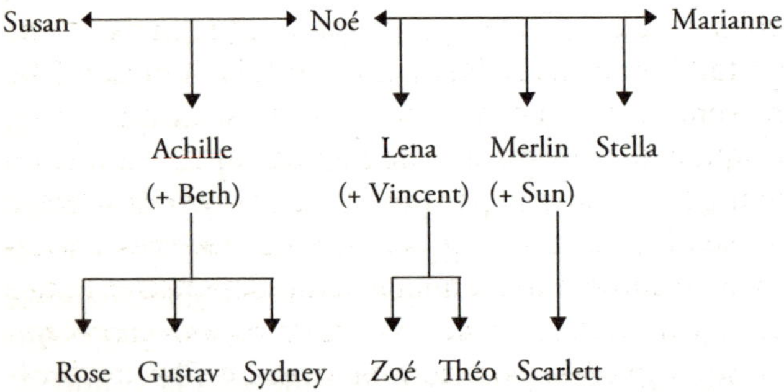

Beth n'avait pas voulu venir. Elle ne comprenait pas qu'il fasse le voyage pour l'anniversaire de Noé, ce dernier s'étant rarement manifesté pour les siens. Mais c'était son père, il n'en avait qu'un, et Marianne avait laissé entendre qu'il n'était pas en grande forme. Et puis Achille venait de perdre sa mère, Susan, emportée par un cancer en quelques semaines. Il ne ressentait pas de réel chagrin, juste un grand vide. À plusieurs reprises, il s'était surpris à composer mécaniquement son numéro.

L'hôtesse de l'air qui lui avait apporté un scotch avec des glaçons était mignonne. Il ne savait pas quelle mouche l'avait piqué, mais il désirait la terre entière, sauf sa propre femme. Brun, les yeux marine, il s'était forgé une belle carrure à force de séances de musculation et de running dans Central Park. Il possédait de l'argent, une situation enviable. Il en imposait, paraissait très sûr de lui, à la limite de l'arrogance. Il lui avait fallu du temps pour en arriver là, pour passer du garçonnet craintif, de l'adolescent mal dans sa peau à l'homme à femmes. Il les débusquait à l'ONU, dans des bars ; elles étaient jeunes, jolies et intelligentes. Il ne sortait jamais avec Beth, elle lui faisait honte. Elle ressemblait à une mormone, se laissait aller. Elle briquait la maison des heures durant, il aurait pu manger à même le parquet. Elle consacrait le reste de ses journées à l'église ou à des œuvres caritatives. Achille n'avait aucun scrupule à baiser toutes ces nymphettes, *sa vie était faite de morceaux qui ne se joignaient pas*, comme dans ce film de Truffaut que Lena lui avait prêté lorsqu'elle était étudiante.

La maison avait subi des extensions sur tous les côtés : un jardin d'hiver, une terrasse en teck, des bay-windows. Il franchit le portail qui avait viré au vert émeraude comme l'ensemble des huisseries extérieures (plutôt blanches dans ses souvenirs, mais il pouvait se tromper). Il reconnut néanmoins la girouette avec la flèche, la vierge celtique nichée dans la lucarne, les deux tourelles au toit pointu, les balustrades, la lanterne sous le perron. Les arbres avaient poussé. Il hésita avant de sonner.

– C'est toi ?… Tu ne t'es pas perdu ?

Marianne trouva le moyen de ne pas l'embrasser. Elle n'avait pas changé, seulement vieilli. Elle persistait à garder les cheveux longs, désormais plus cendrés que blonds. Elle portait ses éternelles boucles d'oreilles rondes, ses colliers interminables, ses jupes superposées qui balayaient le plancher (ses froufrous, ses franges, ses dentelles, ses imprimés impossibles). Ses yeux vert clair ressortaient davantage sur sa peau hâlée.

– Entre, mon grand. Les triplés aussi. Il va falloir me rappeler vos prénoms.

Les gosses s'exécutèrent. Achille fut ému de les entendre s'exprimer en français. Pour le moment, il n'avait pas à se plaindre d'eux ; ils n'avaient rien des monstres que sa femme lui décrivait à longueur de soirée.

– Je vais le chercher. Je crois qu'il nous prépare un de ces discours dont il a le secret, dit Marianne.

De quoi parlait-elle ? Achille n'avait jamais entendu son père en prononcer, n'ayant jamais participé à aucune fête ou manifestation qui lui en auraient donné l'occasion.

Ils franchirent le perron et Achille eut un mouvement de recul. Le vestibule ainsi que le couloir avaient disparu.

– Tu as vu, j'ai tout cassé ! déclara-t-elle en souriant de toutes ses dents, avant de décamper vers l'escalier.

Gus, Syd et Rose s'assirent dans l'immense canapé corail, couvert de plaids et de coussins. Cette vaste pièce devait être difficile à chauffer l'hiver. Un bar la séparait d'une cuisine aux larges carreaux bariolés. Le sol en béton ciré était plus foncé sur les bords, comme si du chocolat y avait fondu. Les murs blancs, à l'exception d'un pan peint en rouge (il s'apercevrait que ce principe avait été adopté pour l'ensemble de la villa), étaient heureusement nus. Il remarqua l'absence de photos, il se serait attendu à ce qu'il y en ait au moins des petits-enfants (pas de préférence à noter de ce côté-là).

Non, Achille ne reconnaissait rien, et eut un pincement au cœur. Il n'était pourtant pas sentimental. Le charme était rompu (de toute façon il l'était depuis longtemps ; après la mort de Violette, plus rien n'avait été pareil). Même le mobilier avait changé, remplacé par des meubles d'un design ethnique, bourgeois-bohème, comme on disait ici.

Cinq minutes plus tard, son père descendit. Il était loin d'être mourant, il paraissait plutôt en forme, vu son âge. Il s'était asséché, avait perdu son début de bedaine. Un oiseau de proie grand et musclé, au plumage blanc.

– Alors, mon fils, pas trop dépaysé ? Marianne a tout… (Il fit un grand geste en l'air.) C'était la condition *sine qua non* pour qu'elle accepte de s'enterrer ici avec ton vieux père…

– Il était tellement excité par cette idée, je n'ai pas voulu le contrarier, ajouta Marianne.

Noé s'avança vers les enfants.

– Que je suis heureux de vous voir ! J'ai des surprises pour vous. Mamour, va me chercher les paquets, je les ai laissés dans mon…

– On verra ça tout à l'heure, le coupa Marianne. Ils ne sont pas venus pour les cadeaux.

Ses gamins avaient l'air intrigués et agréablement surpris. Beth devait leur avoir dressé un portrait des plus déplorables de leur grand-père.

En lui servant une tasse de café trop serré (il n'était plus habitué aux expressos), Marianne lui décrivit les travaux par le menu. Elle semblait fière de son œuvre. Achille fut bien obligé de l'écouter. Fanfaronnant devant la cheminée restée intacte, Noé détaillait le programme des festivités aux enfants, leur promettant même une excursion en bateau. Pourvu qu'ils ne soient pas déçus, se dit Achille. Les projets de son père retombaient souvent comme des soufflés. Du moins en était-il ainsi lorsqu'il était petit. Noé replongeait vite dans ses recherches (un article à rédiger pour une revue scientifique, un congrès à préparer). Gus, Syd et Rose sautèrent de joie. Achille en fut surpris, il eut le sentiment de ne pas les connaître aussi bien qu'il aurait dû.

Marianne se leva et l'invita à le suivre, clôturant unilatéralement la discussion. Il en fut soulagé. Ils montèrent au deuxième étage. Elle lui attribua une pièce minuscule (un ancien placard, au mieux un dressing). Les « triplés », comme elle ne cessait de les appeler, dormiraient dans le « dortoir ». Zoé et Scarlett y avaient peint une fresque mythologique (le contraire l'eût étonné). Le déluge et son arche les avaient fortement inspirées, y figuraient également Achille et son célèbre talon, ainsi que Merlin l'enchanteur. Assurément le résultat était de mauvais goût.

– Je te laisse t'installer. Je vais surveiller mon gigot. Tu aimes toujours ça ?

Il ne put répondre que par l'affirmative. Marianne le mettait au supplice avec ce genre de plat, comme si cela l'amusait. Il n'était pas difficile, mais il détestait depuis la prime enfance l'agneau, les épinards et les endives, et il pouvait être certain d'en avoir dans son assiette à chacune de ses visites.

En sortant de son placard, il croisa une fille – difficile d'évaluer son âge – avec une tête d'adulte sur un corps malingre.

– Bonjour, vous devez être oncle Achille.

Sa voix était grave.

– Et toi, tu es…

– Scarlett…

Voilà la gamine de cet abruti de Merlin, pensa-t-il.

– La dernière fois que je t'ai vue, tu devais avoir neuf ans, l'âge de mes enfants. Tu as bien changé.

Scarlett le fixait de ses grands yeux, sans ciller. Elle le mettait mal à l'aise. Ses traits asiatiques contrastaient avec ses yeux verts et ses cheveux châtain clair. Il se rappela que sa mère – paix à son âme, mais peut-être n'était-elle pas morte après tout – était vietnamienne ou coréenne.

– Où sont-ils ? questionna Scarlett.

– Tu veux parler de Gus, Syd et Rose ?

– Je n'ai jamais vus de triplés, sauf eux quand ils étaient bébés, mais comme je ne m'en souviens pas, ça ne compte pas. J'avais trois ans et demi. C'est dommage d'être allée aux États-Unis et d'avoir tout oublié.

En quinze ans, Noé s'était déplacé à deux reprises : pour son mariage et pour la naissance des enfants. Il en avait profité pour organiser un périple américain avec Marianne et Scarlett. Sa belle-mère avait à peine regardé les nouveaux-nés. « Moi, les bébés, j'ai donné, merci ! » s'était-elle exclamée. Beth ne le lui avait jamais pardonné.

– Tu viendras nous voir un jour. Tu seras la bienvenue.

Il rit intérieurement. Ce n'était pas vrai, il faudrait parlementer durant des heures avec sa femme et supporter qu'elle fasse la gueule avant, pendant et après. De toute façon, ce serait bientôt fini.

– Et alors, les triplés, tu ne m'as pas dit ?

– Excuse-moi… Ils sont avec leur grand-père, finit par répondre Achille.

– Moi, je l'appelle papé, mais c'est spécial. Il vaut mieux qu'ils l'appellent papi comme Zoé.

– D'accord, je les préviendrai. Ton père est là ?

– Merlin ? On ne sait jamais quand il vient.

– Et tes tantes ?

– Non, pas encore. Vous êtes les premiers. C'est dommage que ta femme n'ait pas pu venir, la famille aurait été au complet.

– Ça nous fait des vacances !

Scarlett rit, c'était donc une chose dont elle était capable.

– Tu vas faire la connaissance de la fiancée de Stella, déclara-t-elle soudain.

– Tu veux dire le fiancé ?

– Non, non, elle aime à la fois les filles et les garçons, mais là c'est sérieux. Elle s'appelle Charlotte, tu verras, elle est très douce. Tu es choqué ?

– Il m'en faut plus que ça. Je n'étais pas dans la confidence, c'est tout.

Achille avait peu de contacts avec la plus jeune de ses sœurs. Quand Stella avait séjourné chez eux, l'année de son bac, il n'avait pas compris qu'elle parte sans prévenir. Depuis il la tenait pour une petite conne, snob qui plus est.

– C'est parce que papé et mamé ne le crient pas sur les toits. On dirait parfois qu'ils font semblant de ne pas comprendre. Mamé m'a dit de préparer deux lits séparés. Je suis sûre qu'elles vont les rapprocher. Enfin, leur sexualité ne nous regarde pas…

Achille étouffait déjà, il retourna voir la mer.

VENDREDI

Marianne

En passant devant la chambre bleue, Marianne perçut des voix d'enfants. Elle avait dormi comme une souche et n'avait rien entendu. Son petit-fils devait avoir grandi depuis la dernière fois. Lena n'arrêtait pas de s'en plaindre, mais Théo était un véritable amour. Il avait son caractère, c'était une bonne chose.

Elle entra sans frapper et tomba sur Merlin – torse nu, caleçon à rayures – en train de faire le zouave sur le lit. Il sauta par terre dès qu'il l'aperçut.

– C'est toi, mon poussin ! Je n'ai pas vu ta moto.

– Bonjour, madame, piaulèrent en chœur deux petites têtes noires, cheveux crépus pour l'une, tressés pour l'autre.

Les voix d'enfants, c'étaient eux.

– Maman, je te présente Émile et Victoria, les bouts de chou d'Aissatou.

Décontenancée, Marianne en oublia son sens de la politesse. De dessous la couette émergeait une splendide jeune femme apparemment nue, à la peau chocolat. Merlin avait le chic pour se dégoter des beautés. Certes il était joli garçon, même s'il se négligeait un peu trop à son goût, et les dégâts, surtout intérieurs, ne se voyaient pas au premier coup d'œil.

L'inconnue remonta la couette jusqu'au cou.

– Ne vous en faites pas, j'ai l'habitude avec mon fils. Le petit déjeuner est prêt, j'ai des litres de café et tout ce qu'il faut pour les petits. Vous avez quel âge ?

Ils ne répondirent pas. De toute façon, elle s'en fichait.

– Excusez-les, ils font leurs timides, lui répondit-on. Victoria a quatre ans et demi, et Émile, trois.

Comme Violette et Merlin, ne put s'empêcher de penser Marianne. Ils étaient nés à quatorze mois d'intervalle. Ce n'était pas prévu. À l'époque, elle aimait mieux se fier à des méthodes naturelles. Avec le recul, elle se disait qu'elle avait joué avec le feu. Elle avait été méfiante envers la chimie, elle en était revenue, et très tôt avait fait prescrire la pilule à ses filles. Il faudrait qu'elle en parle bientôt à Scarlett.

– Il y a des serviettes dans la salle de bains. J'avais prévu cette chambre pour un couple, je vais m'arranger autrement.

– Merci beaucoup, madame.

– Appelez-moi Marianne. Ah, j'oubliais, ce soir, vos enfants pourront dormir dans le dortoir.

– Je préfère qu'ils restent avec moi. Ils ne connaissent pas la maison, répondit la jeune femme. Et puis, nous repartons dimanche matin. J'ai une amie qui se marie dans la région.

Marianne quitta la chambre, affreusement contrariée. Une porte claqua. Avec les courants d'air, les guirlandes d'oiseaux en papier coloré qui habillaient le long couloir ne cessaient de se décrocher ou de s'emmêler.

Le répondeur sur le guéridon près de l'escalier clignotait (il y avait un ou deux téléphones à chaque étage, elle ne voulait plus cavaler ni prendre le risque que Noé se casse le col du fémur). Lena arriverait cet après-midi finalement, ce fut tout ce qu'elle comprit. Téléphoner à sa fille aînée ou écouter ses messages devenait pénible. Lena s'embrouillait souvent dans ses explications, parlait terriblement vite, et il y avait généralement Zoé ou Théo, voire les deux, derrière elle. Sans compter les fois où elle chuchotait pour ne pas réveiller le bébé.

– Maman ?

Merlin s'était habillé ou du moins avait enfilé quelque chose. Elle se demandait si ses tenues en lin beigeâtre (une couleur qu'elle abhorrait) n'étaient pas plutôt des pyjamas.

– Tu es fâchée ?

– Pourquoi le serais-je ?

Merlin se balançait d'un pied sur l'autre. Le voilà encore qui danse, pensa Marianne. Elle lui passa la main dans les cheveux pour les coiffer. Ils devenaient sacrément longs. Il avait beau avoir trente-trois ans, il était toujours son petit garçon. Et même s'ils en avaient bavé avec lui, il était leur seul fils.

– Je voulais te faire la surprise. Elle est merveilleuse, tu vas vite t'en apercevoir… Arrête, maman, ce n'est pas la peine de prendre cet air !

– Quel air ?

– Je te connais. Ce coup-ci, c'est différent je te le promets.

– Mon chéri, je ne voudrais pas te chagriner, mais à chaque fois c'est différent, et ça finit pareil.

– On est ensemble depuis trois mois et je vis chez elle…

– Évidemment…

– Non, je participe, je gagne ma vie, tu sais.

– Toujours avec tes SDF ?

Il lui était difficile de le suivre à la trace (il avait beaucoup squatté chez des amis, avec qui il s'était brouillé par la suite, et son parcours professionnel avait été plus que chaotique). Merlin était un garçon courageux, généreux, mais qui manquait parfois de constance et de discernement.

– Ne sois pas méprisante, maman, ce travail me plaît énormément. J'ai enfin une utilité… De toute façon, ça ne sert à rien de te parler, je serai un éternel jeune con. Un poivrot, un toxico.

– Tout de suite les grands mots !

Merlin lui prit la main, et elle frissonna. Ses doigts étaient froids, elle ne s'y habituerait jamais. Elle entreprit machinalement de les réchauffer.

– Où est-ce que je peux trouver Scarlett ?

Elle retira sa main.

– Sur le bateau. Noé est allé trimbaler ses Américains.

– Achille a débarqué avec sa troupe ?

– Seulement avec les triplés, trois fois le même modèle, sauf que la fille a les cheveux légèrement plus longs et une barrette… Dieu soit loué, leur mère est restée là-bas. Je ne peux pas la supporter, elle me rappelle la première femme de ton père. Bourgeoise, coincée, rigide, tout ce que je déteste.

– Ne commence pas, maman. Attends qu'ils soient partis pour ça.

– Si ça ne tenait qu'à moi… Qu'est-ce que va penser Scarlett de ta nouvelle petite famille ? Tu as réfléchi à ça ? Comment veux-tu qu'elle se structure ? C'est un vrai défilé.

– C'est fini, ça. Et justement…

Une seconde, Merlin s'arrêta de bouger et elle sentit dans son regard quelque chose de déterminé.

– Bon, allez, on cause, on cause et pendant ce temps ça n'avance pas. Je vais faire un complément de courses à la supérette.

– Laisse, on va se débrouiller.

– Bien sûr que non !

Marianne était chiffonnée, sans trop savoir pourquoi. Pourtant elle aurait tout donné pour que son fils se stabilise un peu. Vraiment ? Elle n'en était pas si sûre.

Merlin

Merlin avait failli ne pas venir. Il évitait ses parents depuis des mois, il en avait assez d'être traité comme un gamin. Mais Scarlett lui manquait, il en avait pris toute la mesure. Lorsqu'il était venu pour les fêtes, il l'avait trouvée tristounette, distante et mutique. Elle avait beaucoup changé, l'enfance ne semblait plus vouloir d'elle. Ils s'étaient traînés jusqu'au marché de Noël autour de la vieille église romane et avaient visité la traditionnelle collection de crèches. Ils avaient bu du vin chaud, mangé des lamelles d'oranges confites et des marrons qui leur avaient brûlé les doigts. Pour une fois qu'il se passait quelque chose. Ce ne devait pas être drôle tous les jours de vivre ici. L'hiver, la station était déserte, balayée par un vent glacial. Depuis, Merlin avait pesé le pour et le contre, et son idée avait mûri.

Il retourna dans la chambre bleue. En réalité, elle n'était plus bleue du tout, à part le jeté de lit et un triangle de mur turquoise. Elle avait été entièrement refaite, l'ensemble était élégant mais impersonnel. Elle était clairement réservée aux invités, et Merlin comprit qu'elle ne lui était pas destinée. Depuis que ses parents avaient établi leur résidence principale ici, toutes les pièces de la villa y passaient les unes après les autres, de bas en haut. Qu'adviendrait-il de l'ancienne salle de jeux ?

Émile et Victoria étaient coiffés et habillés. Aissatou fouillait dans sa valise à carreaux. Elle ne leva pas la tête.

– Ta maman n'est pas réjouie, j'ai bien vu. Tu m'as mise dans l'embarras !

Il lui déposa un baiser dans le cou.

– Marianne n'est jamais contente quand tout n'est pas exactement comme elle l'a prévu. Mais ne t'inquiète pas, tout ira bien, et si ce n'est pas le cas, ça va barder, ils commencent à me faire chier…

Aissatou lui tapa sur la main, elle ne plaisantait pas avec la politesse et les bonnes manières, et Merlin s'amusait beaucoup à la provoquer sur ce registre.

– Tu n'es pas en cause, c'est moi et moi seul, j'ai joué au con pendant des années… continua-t-il.

– Arrête ! C'est moi qui vais me mettre en colère si tu prononces encore un gros mot devant mes enfants.

– Maman, maman, y a un toboggan dans le jardin, s'exclama Victoria.

– Avec une balançoire, renchérit Émile.

Tous deux étaient juchés sur une chaise appuyée à la fenêtre.

– Descendez de là tout de suite ! gronda Merlin.

Les petits n'avaient jamais dû l'entendre élever la voix, ils bondirent du siège comme s'il allait s'embraser et coururent se blottir contre leur mère.

– Ça va, ça va, les rassura Aissatou. Qu'est-ce qu'il y a, Merlin ?

– Pardonnez-moi, les loupiots, je ne voulais pas vous effrayer.

Aissatou semblait soucieuse (le front plissé, les sourcils froncés, une ombre sous les paupières). Merlin savait qu'elle était angoissée par ce week-end, mais il y avait autre chose.

– Qu'est-ce qui ne va pas ?

– Je ne sais pas si je te l'ai déjà dit, mais « Aissatou », ce n'est pas mon prénom de naissance, c'est à l'agence de mannequinat qu'ils m'ont baptisée comme ça. Au Nigeria, je m'appelais « Abébi », ça signifie « celle qui est venue après avoir demandé »... Cette nuit, j'ai encore fait un cauchemar, j'ai beau être heureuse et mes enfants ne manquer de rien, ça ne m'empêchera pas de faire de mauvais rêves, je m'en rends compte... Tu crois qu'elle est froide ?

– Quoi ?

Aissatou passait souvent du coq à l'âne. Elle parlait par énigmes et gardait beaucoup de choses pour elle. Merlin ne voulait pas la brusquer, il attendait. Elle se livrait par fragments.

– La mer, pardi ! rit-elle à gorge déployée. J'ai traversé des océans, mais si j'étais tombée dedans, je ne serais plus de ce monde, je ne sais pas nager.

– C'est vrai ?

– Comment le pourrais-je ? Tu es drôle, toi. J'ai hâte de rencontrer ta fille, j'ai la trouille aussi.

Merlin souleva la jeune femme, elle ne pesait pas lourd. Il l'aurait bien prise là, mais il y avait les gosses. Aissatou s'esclaffa. Ce n'était pas sa beauté qui l'avait séduit, mais son rire. Merlin n'avait jamais été aussi heureux qu'avec Aissatou et ses deux bambins. Et Scarlett, espérait-il. Avec elle, il n'aurait pas le droit à l'erreur. Il était grand temps. Il avait un travail, un foyer à lui proposer. Avant il n'avait rien.

Achille

Concentré, Noé se mit à manœuvrer. La mer était calme, le ciel, limpide. Soufflait une brise légère. Le bateau se faufila dans la multitude d'îlots, puis sortit de la baie.

– Ils ont l'air de s'entendre comme larrons en foire, assura-t-il.

Achille n'osa pas le contredire. Avant d'embarquer, Scarlett et Rose avaient échangé quelques mots en anglais, et depuis les quatre gamins se regardaient en chiens de faïence.

Ils filèrent bientôt à vive allure, au grand amusement des garçons. Achille enduisit ses rejetons de crème, le soleil était traître ici et ils avaient le teint clair de leur mère.

– On va peut-être voir des dauphins, dit Noé.

Les yeux des enfants brillèrent instantanément. Achille se souvenait d'autres sorties à voile. Un jour, des marsouins avaient escorté leur régate, exécutant des cabrioles autour d'eux. Il avait effectué plusieurs stages avec des jeunes gens de son âge, y avait rencontré sa première conquête (prédatrice serait plus exact). C'était leur animatrice. Elle l'avait déniaisé.

Il avait quinze ans. Il n'avait jamais embrassé une fille, n'en réclamait pas tant.

Un peu plus tard, ils abordèrent un îlot sans végétation, juste la roche, des algues et du lichen.

– Ça vous dirait de jouer aux aventuriers et de partir à la chasse au trésor ? proposa Noé.

Les gosses s'éparpillèrent bientôt aux quatre points cardinaux, comme des moineaux.

– J'espère qu'ils vont mettre la main dessus, je ne sais plus très bien où j'ai planqué ce machin…

Syd trébucha et eut du mal à dégager sa sandale d'une crevasse. Il n'était pas très dégourdi. Né en troisième position, c'était le plus chétif (Rose, l'aînée, pesait deux fois plus que lui à la naissance).

– Alors, ça se passe bien ton travail ? interrogea Noé.

– Je n'ai pas à me plaindre de ce côté-là. J'ai en charge des dossiers vraiment passionnants. Actuellement je travaille sur l'enrichissement de l'uranium iranien.

– Je n'ai jamais eu de doute sur le fait que tu réussisses, mais tu es allé au-delà de mes espérances. C'est gratifiant pour un père de savoir que son fils côtoie les grands de ce monde.

Achille connaissait ce discours par cœur. Gus dérangea des oiseaux – étaient-ce des fous de Bassan ? Les enfants ne s'en sortaient pas si mal que ça dans les rochers, ce n'était pourtant pas un terrain qui leur était familier.

Noé chaussa ses jumelles.

– Ce sont des fous de Bassan.

Achille s'éclaircit la gorge.

– Papa, j'ai une mauvaise nouvelle à t'annoncer…

Noé eut l'air légèrement inquiet. Il enleva sa casquette et lissa ses cheveux blancs.

– Maman est morte… dit Achille.

Il vit dans son regard que Noé recherchait une confirmation. Son père était-il atteint de sénilité ou pensait-il à sa propre mère ?

– Susan est décédée, reformula-t-il. Il y a deux mois.

D'aussi loin qu'Achille se souvenait, Noé ne s'était jamais enquis de la santé de son ex-femme, sans quoi il lui aurait annoncé sa maladie.

– Je suis sincèrement désolé, fit son père.

– Y a pas de quoi, grinça Achille.

– C'est dur de perdre sa mère, quelle qu'elle soit, asséna Noé d'une voix de pasteur.

Oui, il devait penser à la sienne, il semblait absorbé par ses souvenirs, les yeux rivés au large. Achille, aussi, avait adoré sa grand-mère Blanche. Elle lui avait donné toutes les marques d'amour maternel dont Susan l'avait privé sous prétexte d'éducation puritaine, et que Marianne ne lui avait jamais accordées, pas même les miettes qu'elle offrait aux chiens et aux chats qui se réfugiaient chez elle.

– On a trouvé, clamèrent les garçons, en brandissant un objet au-dessus de leurs têtes comme s'il s'agissait de la coupe Davis.

– Bravo ! s'écria Noé en plaçant ses mains en porte-voix.

– Qu'est-ce qu'ils ont gagné ? fit Achille.

– Des bricoles… Et comment le prend ton épouse ? Susan et elle étaient proches, si je me souviens bien.

– Mal. Très mal…

Beth était profondément affectée. Achille jugeait cet accablement excessif. Susan n'était pas sa mère, ni quelqu'un que l'on devait pleurer exagérément, mais une femme acariâtre qui avait passé ses nerfs sur son fils, fait de son enfance une prison.

– Sinon, papa, j'ai une autre nouvelle… Je pense divorcer.

Noé ne parut pas surpris. Ce n'était un secret pour personne qu'il n'appréciait guère Beth. Même Achille avait oublié pourquoi elle lui avait plu (sinon que sa mère l'adorait et l'avait poussée dans ses bras). Le décès de Susan lui facilitait la tâche, cette séparation ne pourrait plus l'attrister, et encore moins la tuer.

– Je mentirais en disant que cela me chagrine, déclara Noé. Mais tu as pensé aux enfants ? Elle ne les lâchera pas facilement. Si elle est de la trempe de Susan…

Achille avait son père pour lui seul sur le bateau. Les petits escaladaient le sommet de l'îlot. Scarlett s'était assise à l'écart, un casque sur les oreilles, elle griffonnait, sans doute tenait-elle un journal.

– Je ne ferai pas la même erreur, papa. Pourquoi tu m'as laissé ?

Noé redressa ses épaules, il le dépassait d'une tête. C'était un homme très grand pour sa génération.

– J'avais toute confiance en elle pour t'élever.

– Ça ne sert à rien de remuer tout ça, maintenant. Mais j'étais malheureux. Parfois j'aspirais à ce qu'elle devienne impotente, ou pire, pour que tu me prennes avec toi.

Les yeux du vieil homme se voilèrent.

– Je ne savais pas, bafouilla-t-il.

Il fit un mouvement pour serrer le bras de son fils, mais y renonça. Il n'avait jamais su se livrer à des gestes affectueux.

– Comment aurais-tu pu le deviner, papa ? Tu te souciais de mes études, de mon sport, de mes petites amies, mais tu ne voulais pas entendre parler de maman, de ma vie avec elle… Et j'ai épousé une femme qui lui ressemblait, une femme autoritaire sous des airs angéliques. N'est-ce pas ironique ?

– Tu vas finir par dénicher celle qu'il te faut, comme j'ai rencontré Marianne, j'en suis sûr.

Achille désigna la mer, s'emplit les poumons. Il faillit s'étouffer. C'était presque trop d'air pur pour un citadin comme lui.

– Je suis heureux d'être là. Je peux réfléchir, prendre le large.

Son père lui posa la main sur l'épaule.

– Moi aussi, je me réjouis de profiter de toi et de mieux connaître mes petits-enfants… On va leur dire de revenir si tu n'y vois pas d'inconvénients. Il faut qu'on aille déjeuner, on a encore de la route. J'ai réservé une table dans un excellent restaurant dont tu me diras des nouvelles…

Achille décida de porter le coup de grâce.

– Pourquoi vous ne parliez jamais de Violette ? Pourquoi il n'y a pas une seule photo d'elle ? C'est comme si elle n'avait jamais existé. Parfois, je me demande si je n'ai pas rêvé.

Son père écarquilla les yeux comme s'il avait entrevu un fantôme.

– C'est le seul moyen que nous avons trouvé. Pas le meilleur, je te l'accorde... Tout ça était trop douloureux. (Il se mit à trembler.) Excuse-moi, excuse-moi pour tout.

Il y eut quelques minutes de silence. Achille éprouvait du remords. Des nuages se pourchassaient avec vélocité pour s'agréger les uns aux autres. Noé se réfugia dans sa cabine, avant d'en ressortir, muni d'un mégaphone et les yeux rougis.

– Moussaillons, à l'abordage ! entonna-t-il.

Gus, Syd et Rose accoururent, Achille eut peur qu'ils ne tombent à l'eau en embarquant. Scarlett traînait derrière.

Les garçons s'étaient éraflé les mollets et Rose avait pris des couleurs – Achille avait oublié d'emporter des chapeaux. Ils ouvrirent le coffret garni de pièces, de verroteries, d'énormes coquillages de collection.

Quand elle fut à bord, Scarlett les scruta tour à tour.

– Tout va bien, mon papé d'amour ?

– Ça va. C'est juste que j'ai appris une mauvaise nouvelle.

– Laquelle ? fit-elle, l'air anxieux.

– C'est rien. Enfin, ce n'est pas ce que je voulais dire. Excuse-moi, Achille. Ça ne te concerne pas, ma chérie. C'est Susan, ma première épouse, qui est décédée.

Achille ricana. Son père était la maladresse incarnée.

– Bienvenue au club ! lui lança Scarlett. Moi aussi, ma mère a clamsé.

Achille topa dans la main qu'elle lui tendait. C'était vraiment une étrange fille, il veillerait à ce que ses enfants ne la fréquentent pas trop.

– On n'en sait rien, Scarlett, marmonna Noé. Sun est encore jeune.

C'est ainsi qu'elle se prénommait. *Sun*, soleil. Elle rayonnait comme un astre noir, maléfique.

– Une camée pareille, tu parles, rétorqua Scarlett.

– Ne dis plus d'aussi vilaines choses, gronda Noé.

Il remit sa casquette et démarra le bateau, non sans mal. L'adolescente s'écorcha la voix pour se faire entendre.

– Est-ce que c'est normal d'abandonner son enfant ?

– Prends cela comme un acte d'amour, répliqua Noé en élevant le ton. La seule chose à peu près sensée…

À cause du moteur, du vent, Achille ne saisit pas la suite. Il avait le sentiment de déranger. L'instant d'intimité, de sincérité était terminé, son compte, épuisé. Noé avait beau dire, il n'était pas son fils à part entière, et ses enfants, pas ses petits-enfants comme les autres, ils n'avaient pas le droit au même traitement. Il se rapprocha de Gus, Syd et Rose qui semblaient aux anges. Il aimait les voir heureux, ça n'arrivait pas si souvent.

– Qu'est-ce que Merlin lui trouvait à ma mère ? interrogea Scarlett, la gorge nouée.

Achille se rappela la soirée organisée pour les dix-huit ans de Merlin dans une immense grange du coin. Marianne l'avait décorée comme pour un mariage. Des guirlandes lumineuses avec de grosses ampoules couraient sur la charpente. Les tables rondes étaient fleuries de bouquets. Il ne savait plus qui avait eu cette idée débile, mais tout le monde avait joué le jeu de la soirée costumée, sauf lui. Merlin s'était déguisé en Peter Pan, ça lui ressemblait bien. Tard dans la nuit, Sun en Betty Boop lui avait offert ses services. Il n'avait pas détesté faire ce coup-là dans le dos de son frère. Ceci étant dit, il avait eu l'impression de faire l'amour à un cadavre.

Noé fit mine de n'avoir rien entendu, Achille répondit à sa place.

– Elle était jolie et elle devait avoir des qualités.

Lena

Après la sieste – en réalité seule Marianne dormit –, tout le monde descendit sur la plage. Le campement fut établi près de la retenue d'eau creusée dans les rochers, sous les villas. Les enfants d'Aissatou voyaient la mer pour la première fois et leurs cris de joie dès qu'ils touchaient l'eau faisaient plaisir à entendre. Zoé préférait la pataugeoire et s'y baignait sans ses brassards. Théo barbotait à quatre pattes dans une flaque.

Lena était déçue qu'Achille ne soit pas là. Elle avait toujours aimé ce grand frère qu'elle ne voyait que l'été. D'octobre à juin, ils s'écrivaient (surtout elle) des lettres fleuves, mais étaient tout intimidés lorsqu'ils se retrouvaient en juillet. Elle se souvenait des atmosphères de fin de vacances, des cabines entreposées sur le parapet, du club Mickey démonté, elle était si triste de quitter Achille pour toute une année.

Aissatou était une fille splendide. Elle venait d'ailleurs de décrocher un contrat dans une agence de mannequins, une aubaine en attendant mieux. Elle souhaitait entamer des études de droit en parallèle, elle se destinait au barreau. En France depuis cinq ans, elle parlait déjà parfaitement le français. Elle avait eu Merlin comme professeur dans l'organisme où elle avait pris des cours. À côté d'elle, Lena se sentait une grosse patate velue (une expression qu'utilisait Zoé pour qu'elle la chatouille).

La retenue d'eau était dans l'ombre à présent, et Zoé se mit à grelotter. Lena releva sa robe pour l'aider à récupérer les poupées qui flottaient indifféremment sur le dos ou le ventre. Elle surprit une Barbie dans une étrange posture, un bras et une jambe en l'air, comme si elle faisait une sorte de ballet aquatique ou appelait au secours. Avant ce bain forcé, mais nécessaire, les poupées s'étaient livrées à un combat dans la vase.

Ils étaient arrivés pour le café. Marianne n'avait pas fait de commentaires sur leur retard. La veille, Lena n'avait pas réussi à tout finir à temps, et quand Vincent avait découvert l'étendue des dégâts, il ne s'était pas fâché. Ils avaient commandé des pizzas et passé la soirée en famille devant une émission jalonnée d'épreuves et de trahisons, le tout sur une île déserte. Sa fille avait été ravie et Lena avait profité de ce répit.

Zoé réclama un château. Le sac à dos en toile cirée rouge, imprimé coccinelles, débordait de figurines – princes et princesses, fées et sorcières, mage et licorne, dragon et corsaires. Tandis que Vincent se consacrait à sa construction, Lena et les enfants furent chargés de ramasser des coquillages, si possibles nacrés, sur le sable pailleté d'or.

– Regarde, maman, une palourde avec des moustaches ! s'écria Zoé.

Zoé n'aimait pas – ne savait pas – rester seule. Lena ne l'avait pas habituée à la solitude. Jusqu'à la naissance de Théo, elle lui avait consacré beaucoup de temps. La jeune femme avait adoré ça, mais avec deux c'était plus compliqué, et ses « Tu joues avec moi ? » la rendaient folle parfois. Depuis quelques semaines, la fillette « voulait qu'on discute », elle posait toutes sortes de questions sur les sujets les plus divers. L'enfant était impatiente de rentrer en CP et surtout d'apprendre à lire. Lena n'avait pas voulu presser les choses. Un jour, elle avait découvert au fond d'une mallette un vieux cahier dans lequel son père consignait les « prouesses » de sa sœur. Violette avait marché à neuf mois, connaissait son alphabet à trois ans, savait presque déchiffrer un texte à quatre.

Théo se mit à brailler, jusqu'à ce que Lena l'emmène voir le triangle bleu indiquant la limite de la plage surveillée. Il adorait les panneaux. Il pesait lourd, elle avait hâte qu'il marche, qu'il parle. Avec sa fille, elle avait été très fusionnelle, avec Théo c'était passionnel et ils passaient souvent du rire aux larmes. Un soir où il la faisait devenir chèvre, elle avait établi une liste : « Choses qui me font fondre ». Il y en avait tant. Ça l'avait rassurée.

Elle manqua d'écraser un crapaud mort que les oiseaux avaient dédaigné. (Plus tard, quand elle voudrait le montrer à Zoé, il se serait évaporé.) La veille au soir, dans sa salle de bains, une grosse araignée noire s'était enfuie à vive allure pour se réfugier sous la table basse fendillée depuis le déménagement. À l'entrée du village, Vincent n'avait pu éviter un goéland gisant sur la chaussée. Qu'est-ce que cela pouvait signifier ?

Revenus à leur place, Lena eut une seconde d'inattention et Théo en profita pour attaquer la forteresse qui ne résista pas à son assaut. Zoé fondit en larmes. Vincent dut se résoudre à lâcher *L'Équipe* qu'il aimait parcourir, les jours de congé. Lena le soupçonnait de parer à toute tentative d'approche de Merlin, qui lui tournait autour en cercles rapprochés. Son mari l'appréciait – ensemble il leur arrivait de s'éclipser pour une partie de ping-pong ou marquer des paniers de basket au fond du jardin –, mais il était clair que Merlin cherchait quelqu'un avec qui discuter, et c'était une tout autre affaire. Son frère avait épaissi depuis la dernière fois : quand il vivait seul, il avait tendance à oublier de manger. Elle ne savait pas si c'était par ascétisme, paresse ou radinerie.

Marianne vint s'asseoir à côté d'elle, elle se raidit aussitôt.

– Tu as l'air en forme !

– Non, pas trop, marmonna-t-elle si bas qu'elle pensa que sa mère n'avait pas entendu.

– Non quoi ? Tu es malade ?

– Pas que je sache.

– Tu m'as fait peur. Tu es juste fatiguée, c'est normal avec un bébé. Quand il marchera, ça sera pire, crois-moi. Il faut que tu te reposes, que tu prennes du temps pour toi. Tu n'as pas encore perdu ton petit ventre… tu devrais te bouger, c'est important de s'entretenir.

Lena hocha la tête, mais elle avait envie de hurler : « Quel temps ? Et où en puiserais-je la force ? »

– Maman ? appela Zoé.

– Oui, mon cœur, répondit Lena.

– Tu joues avec moi ?

– Tu ne veux pas laisser ta mère tranquille deux minutes, répliqua Marianne d'un ton sans appel (avec Lena il y avait toujours une ouverture et ses « non » étaient mouvants). Va plutôt voir tes cousins.

– Maman, c'est qui mes cousins ?

(Jusqu'à présent, elle n'en avait jamais eu.)

– Zoé, ne sois pas bête, la rabroua Marianne. Va plus loin, on discute.

Marianne n'était pas une mamie gâteau, loin de là. Elle ne prenait jamais ses petits-enfants en vacances, ne les inondait pas de cadeaux (elle offrait à Noël et aux anniversaires des vêtements de bonne qualité). En revanche, elle donnait souvent un billet à ses filles pour qu'elles se gâtent (et elle avait entretenu Merlin en catimini pendant des années). De toute façon, contrairement à Lena, elle avait peu joué avec eux, leur proposant des activités ludiques mais utilitaires comme la couture, la cuisine, le jardinage. Lena préférait s'enfermer dans sa chambre pour s'exercer à la clarinette ou écrire le récit des enquêtes du célèbre détective Bachir Al Fakir et de sa comparse, la talentueuse et farouche Tania Del Oro. Elle n'avait jamais connu l'ennui jusqu'à il y a peu.

Zoé n'avait pas l'habitude d'être traitée ainsi, elle s'éloigna en couinant et courut se pelotonner sur les genoux de son père. Théo, que Vincent venait juste de réussir à endormir, hurla.

Lena ne voulait plus de pleurs, plus de cris.

– Arrête de bouder, la secoua Marianne.

– Je vais me tremper.

Ses yeux étaient remplis de larmes, dans l'eau on ne les verrait plus. Elle se leva, la tête lui tourna légèrement. Elle aimait sentir ses pieds s'enfoncer dans le sable, imprimer leurs marques. Elle croisa un husky qui la fixa de ses yeux bleus. Passa devant trois garçons taillés sur le même modèle (élancés, bruns, la peau mate, les yeux noirs). Ils se roulaient dans le sable jusqu'à en être recouverts, puis la doublèrent en courant. Ils se jetèrent à l'eau en clamant « poisson pané ! ». Un couple d'une trentaine d'années s'ébroua devant elle comme deux chiots. Le jeune homme portait un slip blanc mouillé, donc transparent. La fille, un haut de maillot de bain ivoire et un short en jean échancré à la limite de la bienséance. Ils se tenaient par la taille, en mâchant du chewing-gum. Ils ne correspondaient pas au standing de la station, ils devaient être de passage.

Ne voulant pas paraître frileuse, Lena entra rapidement dans la mer. Trois adolescentes en bikini fumaient crânement, jetant leurs cendres dans l'eau cristalline. Lena leur lança en pensée des flèches acérées et nagea vers la pointe du Décollé sous laquelle étaient amarrées des barques en plastique de toutes les couleurs. Là personne ne la verrait, elle serait enfin seule.

Elle mit la tête sous l'eau pour noyer ses idées sombres. Le soleil scintillait, la mer oscillait entre le vert émeraude, l'aigue-marine et le turquoise. Elle s'amusa à passer sous les cordes tendues entre les piquets métalliques plantés dans la roche et les pieux en bois immergés, décorés de ces chapelets de capsules qu'elle aimait crever pour se réconforter. À l'arrière d'un bateau à moteur, un homme et une femme s'adonnaient à divers préliminaires. Lena les observa un moment. Puis elle s'éloigna, enleva son maillot de bain une pièce noir et s'amusa à nager nue pendant quelques minutes. « Je suis folle », rit-elle.

Elle avait beau avoir la peau des pieds épaisse, elle revint péniblement par les rochers, sous les escaliers privatifs, les passerelles, les portes secrètes. Un jeune homme prenait le soleil. Bronzé, des cheveux longs, humides, des yeux félins, des traits féminins et une musculature de rêve. Une seconde, elle s'imagina faire l'amour avec lui. Elle réajusta sa bretelle, rougit. Il ne la regarda pas, elle n'existait pas. Elle était vieille, grosse. Usée. Elle laissa échapper un rire nerveux.

– Vous saignez, madame.

Il n'avait pas encore mué, il était beaucoup plus jeune qu'elle ne l'avait pensé. Elle en fut toute honteuse. Elle avait dû marcher sur un bout de verre sans s'en apercevoir.

Une mère et son fils sur un cheval à la robe alezane et un poney de Shetland noir galopaient au bord de l'eau. De l'autre côté de la plage, sous la pointe du Nick, un tracteur jaune remontait des catamarans aux voiles fluorescentes. Elle avait beau y venir à reculons, la mer toujours la ressourçait.

Quand elle regagna leur camp, elle aperçut d'abord trois têtes rousses. Elle chercha Achille du regard. Zoé jouait au ballon avec Scarlett. À côté de sa nièce, sa fille lui parut potelée. Elle était charpentée et grande pour son âge. Elle avait hérité des yeux immenses et clairs qui constituaient la marque de fabrique de la famille, ils avaient sauté une génération. Lena la trouva belle.

Une main glacée se posa sur son dos.

– *Hello sister !*

Achille mangeait une gaufre à la crème de marron. Les yeux de Lena se mouillèrent dans l'instant.

– Dis donc, je te fais de l'effet !

– Je ne m'améliore pas en vieillissant. Trop émotive.

– Ça se soigne, tu sais.

– Je suis tellement contente que tu sois là.

– C'est ce que je vois.

– Tu as vu mon bébé ?

– Oui, il est très mignon, il va faire des ravages. Bon, je te laisse, j'ai cru comprendre que les enfants voulaient aller se changer à la villa. On se voit plus tard ?

– Y a intérêt ! Je veux profiter de toi.

Achille s'éloigna, et son père prit le relais. Il avait encore vieilli depuis la dernière fois.

– Alors ma grande, le voyage a été bon ? Vous n'avez pas eu trop de monde sur la route ?

– On a vu pire.

– Tu as une petite mine, poursuivit-il. Tu ne serais pas enceinte par hasard ?

Lena réprima un rire. Ces derniers mois, elle s'était mise en tête une idée absurde ; dans ses mauvais jours, elle s'imaginait en plein déni de grossesse. Elle lisait trop les journaux. Elle avait fini par en parler à son médecin qui en avait soulevé l'incohérence. Elle n'était pas enceinte, n'en avait aucun symptôme, mis à part qu'elle était fatigable. (Et que son ventre était encore trop rond à son goût.)

– Non pas que je sache, sourit-elle à contretemps.

– Théo a encore poussé. C'est une force de la nature. Tu te plais dans ta nouvelle maison ?

– Elle est beaucoup trop grande pour nous quatre. Et le jardin est immense. Il nous faudrait une armada de jardiniers et de femmes de ménage.

– Vincent m'a dit que ça se passait bien à son nouveau travail. Tant mieux. On se faisait du souci, après les difficultés qu'il a rencontrées avec sa start-up. C'est courageux de sa part de se remettre en question…

– Il s'investit tellement qu'il n'est jamais là.

Noé dut sentir que le terrain était glissant.

– Et qu'est-ce que tu penses des *Myosotis* maintenant qu'on voit le bout des travaux ?

– C'est chouette… J'aimais aussi avant… Ça vous ressemble plus en tout cas.

– Surtout à ta mère. Ce sont ses goûts, moi je n'y suis pour rien. Sauf mon bureau. Tu as vu mon bureau ?

Lena secoua la tête.

– Tu iras jeter un coup d'œil ?

Comment sa mère avait-elle pu ne pas s'apercevoir qu'elle était enceinte de Stella ? Cela demeurait un mystère. Lena se souvenait de ses trois grossesses, elle avait été épuisée, angoissée, heureuse. La deuxième fois – brève – était encore douloureuse. Elle le voulait tant cet enfant, il tardait à venir. Elle s'était sentie comblée. Elle ne pensait pas qu'on puisse saigner autant si longtemps, elle ne pensait pas que ce fût si douloureux. Vincent avait été le premier surpris, il les croyait à l'abri d'une telle chose, pourtant banale, comme si rien de vraiment fâcheux ne pouvait leur arriver. (Une certitude encore battue en brèche, quelques mois plus tard, lorsqu'il fit faillite et fut contraint de revendre leur charmante maisonnette du XIVe pour s'expatrier dans le Limousin où il avait décroché un nouveau poste.) Sur le moment, Lena avait été raisonnable, et son chagrin l'avait été en proportion. Elle estimait avoir bien réagi, mais cet incident avait été une véritable bombe à retardement. Plus tard, elle s'était surprise à invoquer l'enfant non venu : « là, il serait né », et pire après, « ce serait son anniversaire », alors que son fils avait à peine trois mois. Si elle l'avait eu, ce bébé, Théo n'existerait pas, le fait même d'y songer relevait du sacrilège, elle l'aimait tant. Mais quelquefois elle se laissait aller à se demander quel genre d'enfant ç'aurait été. Le genre à jeter à la poubelle, se reprenait-elle. Son corps avait fait le tri, c'était une bonne chose.

Vincent vint vers elle, l'air bougon, et lui tendit Théo.

– Tu veux bien t'occuper de ton fils ?

Ce n'était pas une question, mais une injonction.

– Je ne fais que ça à longueur de journée, je te signale, grinça-t-elle.

– Mais qu'est-ce que t'as foutu ? T'es partie des plombes ! Zoé voulait se baigner.

Lena tourna la tête et s'éloigna. Sale con ! Si je crève, ça sera de ta faute.

– Maman, maman, babilla Théo.

– Oui, eh bien, maman, des fois, elle en a marre, souffla-t-elle avant de lui embrasser le ventre.

– Encore ! fit-il, hilare.

Le soleil déclinait doucement.

Scarlett

Après la virée en bateau, le restaurant de fruits de mer au cap Fréhel, ils avaient rejoint les autres sur la plage. Scarlett avait été déçue par les triplés. Elle parlait peu anglais, ayant choisi allemand en première langue. Ils étaient répugnants avec leurs yeux délavés, leurs visages couverts de taches de rousseur. D'après mamé, c'était le portrait craché de leur mère. Achille était plutôt bel homme quant à lui. Il ressemblait à Simon, en plus jeune (quarante-trois ans). Quel âge pouvait donc avoir son ami ? (Plus, en tout cas.) Les garçons de son âge n'intéressaient pas beaucoup Scarlett. Ils étaient ingrats, bêtes et parfois méchants. Une semaine auparavant, plus loin sur la côte, elle avait croisé cinq armoires à glace transportant des pieux en bois dans l'escalier creusé à même la falaise. L'un d'eux, la jambe en sang, lui avait adressé un clin d'œil. Par la suite, ils avaient réquisitionné toute la crique pour une partie de foot sauvage, sans se soucier des petits qui traversaient leur terrain. De vraies brutes !

Quoi qu'il en soit, Achille avait fait pleurer papé, et ce n'était pas à cause de Susan, elle en aurait mis sa main à couper. Elle allait l'avoir à l'œil.

Merlin lui présenta Aissatou et ses deux mioches. Elle n'allait pas s'embarrasser à retenir leurs prénoms. Merlin semblait l'éviter pour l'instant. Il la craignait, elle l'avait remarqué à maintes reprises. Il paraissait en forme néanmoins. Des ridules prématurées étaient récemment apparues autour de ses yeux, ça lui allait plutôt bien.

Aissatou vint s'asseoir à côté d'elle, elle avait noué un paréo autour de sa taille fine. Une croix dorée brillait entre ses seins. Elle grignotait une pomme, en croisant et décroisant ses jambes interminables.

– Alors, Scarlett, tu es en quelle classe ?

– Je passe en quatrième.

– Tu vas où au collège ?

– À Dinard.

– Tu as des copines ?

– Ça va.

Il lui était pénible de répondre, et plus encore de supporter la cour de cette inconnue, avec ses lèvres rouges pulpeuses et ses questions mielleuses.

– Tu ne t'ennuies pas trop de Paris ?

– Non, j'adore la mer.

La station avait rajeuni ces dernières années. On venait de lifter le bar du centre, soudain devenu branché. De nouveaux tee-shirts arboraient le diminutif de la station : « Saint-Lu ». De plus en plus d'activités étaient organisées l'été : beach volley, régates, biathlon, tournois en tout genre…

– On y va souvent avec Marianne, ajouta Scarlett.

– Ah bon ? Ce n'est pas ce que m'a dit ton père.

– On pourrait arrêter là l'interrogatoire ?

– Excuse-moi, je veux juste apprendre à te connaître.

– Pourquoi ? demanda Scarlett un peu brutalement.

– C'est normal, tu es la fille de mon amoureux.

– N'allez pas trop vite en besogne. Sans vouloir vous offenser, sachez que Merlin change plus fréquemment de petite amie que de chemise.

Scarlett perçut un léger raidissement dans l'attitude de la jeune femme.

– C'est gentil de me prévenir, mais tu peux me tutoyer, j'ai seulement vingt-quatre ans.

– J'aurais pas cru, vous paraissez plus âgée.

– C'est parce que j'ai déjà beaucoup vécu et surtout mal dormi.

– À cause des fantômes ? interrogea Scarlett.

– Ton père est quelqu'un de bien.

– Ça ne sert à rien de faire de la réclame pour Merlin, je le connais mieux que vous.

– Et ?

Scarlett eut froid. Aissatou s'était levée, et son ombre était immense.

– Ben, il n'est pas fiable. J'ignore ce que vous foutez avec lui. Et, au fait, leur papa, il est où ?

– C'est mon problème… Tu es dure avec ton père.

Scarlett rit franchement. Un rire sarcastique. C'était comme si un démon s'exprimait à sa place, et dans ces cas-là, elle ne parvenait pas à s'arrêter.

Aissatou décampa, froissée. Elle se réfugia auprès de Merlin, qui l'enlaça et l'embrassa langoureusement. Les deux enfants coururent vers eux (Scarlett aurait aimé qu'ils soient moins mignons). La fillette tomba, on l'entendit pleurer à cent kilomètres à la ronde. Merlin s'empressa de souffler sur son genou. Il la fit tourner et tourner encore, et de nouveau le rire de l'enfant éclata et de nouveau elle sauta comme un cabri. Un crabe pinça le cœur de Scarlett. Elle fut surprise d'avoir si mal. Après tout, peut-être que si Merlin lui avait à peine dit bonjour, comme si elle n'était pas là, ce n'était pas parce qu'il avait peur d'elle, mais parce qu'il s'en foutait, tout simplement, comme il le faisait depuis toujours. Il n'y avait pas de grand changement à noter de ce côté-là, nul chambardement.

– Tu viens te baigner avec nous ? demanda Zoé en tirant sur sa jupe en jean.

En guise de réponse, Scarlett jeta ses vêtements au loin. Ils retomberaient bien quelque part. Quelqu'un s'aviserait – mamé au hasard – de les ramasser. Ses grands-parents lui passaient tout. Elle aurait pu les mener par le bout du nez, mais elle les aimait trop, avec leurs faiblesses, leurs travers. Que ferait-elle sans eux ? Elle les ménageait, voulait qu'ils durent le plus longtemps possible.

Zoé et Scarlett rattrapèrent Vincent. Elle aimait bien son oncle. C'était une bonne pâte, Zoé et Théo avaient de la chance. Scarlett avait sept ans quand sa cousine était née, et c'était idiot de croire à cette histoire d'âge de raison. Lena avait continué à lui apporter des cadeaux, à l'inviter à dormir et en vacances, mais ses câlins s'étaient raréfiés, et elle n'était plus restée des après-midi entières à jouer avec elle. De toute façon, sa tante n'était plus elle-même depuis quelques mois. Elle qui avait été éternellement souriante s'irritait d'un rien ou semblait aux prises avec des pensées désagréables, qui creusaient un pli amer au coin de ses lèvres.

Scarlett plongea d'un coup. Mamé disait qu'elle était une vraie sirène, qu'il ne lui manquait plus qu'une queue de poisson. Sous l'eau, elle oubliait tout.

SAMEDI

Marianne

– Maman, je peux te parler en tête à tête ?

– Tu vois bien que je suis occupée.

Marianne préparait des épinards frais pour le déjeuner. Elle avait embauché Lena pour trancher les tomates. Sa fille aînée soupirait en silence. C'était Vincent qui cuisinait chez eux. Marianne s'en désolait et tentait par tous les moyens de parfaire son éducation culinaire. Elle était féministe, mais non dépourvue de contradictions.

– C'est important, précisa Merlin.

Elle rit, prenant sa fille à témoin. Lena baissa les yeux. Marianne aurait dû le savoir, ses enfants restaient soudés dans l'adversité, elle les avait toujours admirés pour ça.

– Je n'en doute pas, mon garçon.

Marianne se souvint que c'étaient les mêmes mots qu'il avait prononcés quand il leur avait amené la petite : « Maman, j'ai quelque chose d'important à te dire. » Ça l'était, en effet.

Merlin regardait ses chaussures, des mocassins en daim usés.

– C'est à propos de Scarlett…

Marianne manqua de se sectionner un doigt.

– Tu peux nous laisser, ma chérie ?

– Et les tomates ? demanda Lena.

– Pour ce qu'il en reste !

Sa fille se leva en repoussant bruyamment la chaise. Elle n'avait pas l'air en forme, pensa Marianne. Elle semblait irritable, une vraie cocotte-minute.

Marianne s'appuya contre la table violette en plexiglas. Merlin cessa son mouvement de balancier, la veine sur son front saillait, et elle faillit poser son doigt dessus pour l'aplanir.

– Alors, je t'écoute.

– Je veux reprendre Scarlett.

Marianne se décomposa. Elle hésitait entre s'égosiller, le rouer de coups, se planter un couteau en plein cœur ou rester zen, ce qu'elle était généralement. Puis elle se ressaisit.

– Tu crois que c'est le moment ? Tu parles d'un cadeau d'anniversaire pour ton père.

– Je n'ai pas à me justifier, mais je suis clean depuis pas mal de temps.

Il lui faisait de la peine, c'était sûr. Il l'avait souvent eue comme ça.

– Je le sais bien et j'en suis heureuse… Tu n'as pas à montrer patte blanche.

– Première nouvelle !

– N'élève pas la voix, je t'en supplie… Bon, on en rediscutera plus tard. Là j'ai un déjeuner à finir et une réception à organiser.

Elle se remit au travail, la discussion était terminée, plus tard elle aurait digéré l'information, là elle ne savait comment s'en dépêtrer. Merlin repartit penaud, les épaules basses. Elle aurait tant aimé le prendre contre elle, sentir son corps maigre et nerveux, apaiser la douleur qu'elle venait de lui infliger.

– Il y a un problème ? s'enquit Scarlett.

On ne la voyait jamais approcher, elle surgissait de nulle part.

– Rien, ma douceur.

– Qu'est-ce qu'il voulait ?

Elle désigna Merlin qui s'enfuyait, hagard.

– Rien de spécial… répondit Marianne. Si tu pouvais finir d'émincer les tomates et accommoder la salade, tu serais un ange. Jette aussi un œil sur les épinards.

– Tu es sûre que tout va bien ?

– Je suis juste fatiguée, je vais me reposer dans ma chambre. Que personne ne me dérange avant le repas. Je réchaufferai tout au dernier moment.

Marianne alla se réfugier dans sa salle de bains. Elle chercha des médicaments, n'importe quoi. Quand Scarlett était petite, elle était affamée d'amour. Marianne ne pouvait que combler ce vide. Chaque nuit, l'enfant se réveillait en hurlant et Marianne se penchait sur son lit. Elle lui caressait les cheveux, la berçait jusqu'à ce qu'elle s'apaise. Elle pouvait la câliner pendant des heures, l'enfant ne demandait que ça. Ce n'était pas exact. Scarlett ne demandait rien. Jamais. Comme si elle ne voulait pas déranger. Sa mère s'était débarrassée d'elle comme d'un jouet cassé, et elle devait avoir peur que Marianne et Noé n'en fassent autant. Ils lui avaient promis que jamais ils ne la laisseraient tomber.

La salle de bains était d'inspiration marocaine avec une grande vasque turquoise où Marianne aurait aimé accoucher (pourquoi pensait-elle à ça ? ce n'était plus de son âge). Le sol et les murs étaient carrelés d'un camaïeu de mosaïque bleue, allant du plus clair au plus foncé. Au paravent en fer forgé pendait le peignoir de son époux, elle y enfouit la tête. Il exhalait le parfum citronné et poivré qu'il portait depuis les fêtes.

Au début Marianne n'avait pas voulu déménager. Noé l'avait prise de court. Elle était souvent d'humeur morose quand elle venait ici, et n'aimait pas spécialement la mer. Elle goûtait sa vie parisienne, son cercle d'amies, ses sorties au théâtre, au musée. Noé avait insisté. Il lui était dur d'arrêter de travailler, il se voyait vieillir là-bas et nulle part ailleurs. Il rêvait d'avoir un bateau et de pêcher. Il avait argué du fait que Scarlett souffrait de bronchites asthmatiformes à répétition causées par la pollution et qu'elle risquerait moins de faire de mauvaises rencontres dans un village (Merlin avait croisé le chemin de cette fille à Paris et les ennuis avaient commencé). Marianne avait réfléchi un moment et fini par y voir un avantage. S'éloigner de son fils qui venait souper chez eux presque tous les soirs, les derniers mois, une fâcheuse habitude. Marianne n'envoyait jamais Scarlett dormir d'aussi bonne heure que lorsqu'il venait. Ses visites la perturbaient beaucoup, se disait-elle pour se justifier.

Pourquoi Merlin voulait-il lui reprendre son bébé aujourd'hui ?

Devant le miroir, qui lui renvoyait l'image d'une vieille femme (quand cela était-il arrivé ?), Marianne se mit à pleurer. Elle n'avait pas versé de larmes depuis la mort de sa fille. Par comparaison, rien n'était assez triste, assez grave. Elle les avait refrénées, pensant que si elle les laissait couler, de nouveau un chagrin sans fond la submergerait. Cet été-là, Merlin avait manqué de se noyer. Marianne avait mis du temps à faire le rapprochement entre les événements. Chacun de ses trois enfants avait été exposé à un grand danger dans un laps de temps très court, en un sens cela aurait pu être pire. Bien sûr qu'elle avait souffert (certaines mauvaises langues l'avaient jugée froide, trop endurante à la douleur), mais elle avait tenu bon pour ses enfants, pour son mari. Elle était le roc, le ciment, elle n'avait pas le droit de s'effondrer.

Marianne regagna sa chambre, elle l'avait choisie peinte à la chaux blanche avec un parquet sombre, pour la reposer de toute cette couleur. Elle préféra s'asseoir sur le lit, sinon elle risquait de ne pas se relever. Elle pouvait dire les choses autrement, elle le savait. Elle avait frôlé la folie, côtoyé le néant.

Un an après la disparition de Violette, Marianne avait été prise d'abominables crampes. Ils avaient déposé les enfants chez sa belle-sœur avant de se rendre aux urgences. Dans la salle d'attente, elle avait été bouleversée en découvrant un pyjama de naissance glissé dans son sac, avec un petit mot : « Pour le bébé. Lena. » Sa fille était clairvoyante ; dix minutes plus tard, Marianne entrait en salle de travail.

Elle avait été effarée, en colère presque, contre ce corps qui lui avait joué ce sale tour. Depuis des mois, un bébé s'était développé à son insu, en dépit de la mort qui rôdait, l'appelait en fin d'après-midi entre chien et loup, prenant la forme de sa fille si pâle, si brune : « Maman, j'ai besoin de toi, il fait noir ici et j'ai peur. Viens me tenir chaud. » Pendant ce temps, la vie s'était enracinée dans ses entrailles, avait poussé sans un geste, une main posée, une parole d'amour. Tout ce qu'elle avait donné à ses enfants, tout cela, sa benjamine en avait été privée, à jamais. Dans la chambre de la maternité, le premier soir, Marianne avait gémi en la regardant. C'était le portrait craché de Violette. Elle aurait voulu remodeler le visage tout neuf pour y effacer les traits de sa fille qui gisait sous terre, entourée de ses lapins en peluche et de sa collection de papillons.

Marianne alla poser sa tête contre la fenêtre. Elle avait vue sur le bassin, les nénuphars n'avaient pas fleuri cette année et les roseaux s'étendaient chaque jour davantage. Elle avait commandé un pont japonais qu'elle laquerait en rouge, elle en rêvait depuis longtemps, comptait mettre des carpes orange. La phase de travaux et de réaménagements était presque terminée. Qu'allait-elle faire de la salle de jeux ? Quand elle repensait à cette pièce, elle regrettait d'avoir accepté de vivre ici. Marianne avait du mal à jeter, à se séparer des objets, mais n'avait aucun goût pour les souvenirs ou la nostalgie. Ce qui l'intéressait était ici et maintenant, c'étaient son mari et Scarlett. De nouveau les larmes affluèrent.

Aissatou

Aissatou demanda à Scarlett de surveiller les enfants pendant qu'ils faisaient de la balançoire. Elle traversa le parc tapissé de mousse et d'herbe d'un vert suspect, doté d'arbres gigantesques et de quelques massifs de fleurs, dans un dégradé de rose et violet. Elle ne put s'empêcher de caresser la statue de l'ange aux ailes rognées par le sel qui devait veiller sur les habitants de ce lieu depuis des siècles.

Merlin avait la tête appuyée contre un chêne-liège. Le blanc de ses yeux était jaune strié de sang. Il avait pleuré, sans doute même avait-il bu.

– Laisse-moi, s'il te plaît, il faut que je me calme, lui dit-il.

Désarçonnée, Aissatou ne sut que répondre. Elle ne l'avait jamais vu dans un tel état. Depuis trois mois, Merlin faisait de sa vie une fête, dédramatisant tout ce qui lui semblait insurmontable, la délestant d'un grand nombre de corvées, lui montrant que le sexe pouvait être joyeux. Il était une bénédiction. Émile et Victoria riaient davantage depuis qu'il était là.

– Ta mère ne m'aime pas, constata Aissatou.

Ce n'était sûrement pas le moment, mais sa poitrine était lestée de cailloux.

– Oh, non, mon amour, ne va pas croire ça !

– Pas de mots doux pour m'amadouer, ça ne marche pas avec moi. Elle ne veut pas de moi, je le lis dans ses yeux. Ça encore, je peux le supporter, mais pas qu'elle rejette mes enfants, c'est trop violent. Et ton père qui est obnubilé par son aîné, tu n'es pas jaloux ?

– Il leur faut du temps pour apprendre à vous connaître, répondit Merlin, la voix étranglée.

Aissatou secoua la tête. Elle avait des brûlures d'estomac depuis qu'elle était ici. Pourtant l'idée de rencontrer la famille de Merlin l'avait enchantée. En franchissant le portail dans la nuit étoilée, elle avait eu l'impression de vivre un conte de fées. « Tu m'avais caché que tes parents logeaient dans un château », avait-elle chuchoté. Elle n'avait jamais fréquenté un endroit pareil, chez de vrais gens (à part les hôtels où elle descendait depuis quelque temps pour son travail).

– Je me sens mal. Émile et Victoria sont contents de se baigner, c'est pour ça que je suis encore là, sinon j'aurais pris mes jambes à mon cou.

– Maman, Victoria a du sang, appela son garçon.

Aissatou frémit. Merlin la retint d'un geste qu'elle jugea trop théâtral.

– Tu as raison, je n'aime pas la tournure que prennent les choses. Il vaudrait mieux que vous partiez.

Elle n'aima pas son ton : ils n'étaient pas des pions qu'il pouvait déplacer à sa guise sur l'échiquier.

– Et toi ? Je croyais qu'on devait rester groupés ?

– Il y a Scarlett, je dois lui parler et puis demain c'est l'anniversaire de papa.

Aissatou courut de l'autre côté du jardin. Peut-être s'était-elle trompée après tout. Ce serait regrettable, Émile et Victoria adoraient Merlin. Contrairement à elle, il avait gardé son âme d'enfant (en avait-elle jamais été une là-bas en Afrique ?). Maintenant elle devait rassembler ses affaires, réserver un taxi, elle arriverait en avance pour le mariage de son amie. Elle réfléchirait à tout ça plus tard. Elle espérait qu'à Paris Merlin redeviendrait celui qu'elle connaissait.

Quand elle arriva près de la balançoire, les chérubins étaient seuls et Scarlett s'était volatilisée. Elle ne pouvait décidément compter sur aucun des deux, le père comme la fille.

Noé

Noé emprunta le boulevard des Falaises, puis la rue du Pont-du-Diable. Le vent balaya ses cheveux, il aurait dû prendre un couvre-chef. Le temps était maussade ce matin, la lumière, trouble. Le brouillard matinal s'était vite dissipé mais l'humidité dans l'air demeurait prégnante.

Scarlett était venue le chercher dans la cave où il était en train de choisir les meilleures bouteilles pour les faire goûter à Achille. Elle avait entendu des sanglots au travers de la porte de leur chambre. Il avait découvert sa femme prostrée sur le lit. Une seconde il avait cru qu'un malheur était arrivé. Et c'était le cas dans un certain sens. Elle se tenait muette, désespérément immobile. Il l'avait étreinte. Marianne était la plus belle femme du monde à ses yeux. Il s'était mis à lui caresser les joues, les épaules, les seins. Comme elle esquissait un sourire, il avait continué. Il l'avait déshabillée lentement en continuant à couvrir sa peau de baisers. Ça n'avait pas été long (ça ne l'était plus jamais vraiment), l'orgasme avait été intense et presque douloureux. Il lui avait fallu plusieurs minutes pour reprendre sa respiration. Un jour, il rendrait l'âme en lui faisant l'amour. Ce serait une belle mort, il n'y en aurait pas de meilleure.

Quand Marianne avait retrouvé l'usage de la parole, ça avait été le tour de Noé d'être ébranlé. Ce n'était pas faute de l'avoir prévenue en son temps. Lorsque leur fils avait quémandé de l'aide (appelé au secours serait plus juste), il lui avait paru évident que leur rôle était de l'encourager à assumer ses responsabilités. Il n'était pas question qu'ils élèvent la fillette. Marianne ne l'avait pas entendu de cette oreille, alléguant qu'il en était incapable, étant encore lui-même un grand enfant, englué dans son chagrin d'amour et prisonnier de ses addictions. Le couple avait bataillé ferme. Noé avait pensé emporter la mise, mais sa femme avait fini par disjoncter. « C'est comme si le ciel me renvoyait Violette ! » avait-elle hurlé. Elle avait gagné.

Noé arriva à la pointe du Décollé. Il longea le parking, contourna les deux restaurants et la boîte de nuit où Hugh Grant avait, disait-on, ses habitudes. Il aperçut Merlin assis sur les rochers, sous la croix en granit (qui portait, il pouvait la citer de mémoire, la date du 11 juillet 1880, et une inscription en latin devenue illisible). Son fils se roulait une série de cigarettes qu'il disposait consciencieusement en rang d'oignons.

Depuis qu'il s'était soigné, Merlin était tombé dans d'autres travers. À chaque visite, il leur présentait une nouvelle jeune femme. Au début, Marianne avait eu tendance à s'attacher à elles et Noé l'avait mise en garde. Quand la fille s'apercevait de la nature de l'animal, elle ne tardait guère à déguerpir.

Son épouse semblait avoir trop bien compris la leçon, il n'y avait qu'à voir l'indifférence avec laquelle elle avait traité cette charmante Aissatou. Celle-ci ne l'avait visiblement pas supporté et était repartie prématurément. Mais là n'était pas le problème, le problème c'était Scarlett. Cela faisait dix ans maintenant, il y avait prescription. Il n'avait qu'à la réclamer avant.

– Tu ne peux pas lui demander ça, tu sais ?

Merlin enfouit nerveusement son bazar dans la besace militaire qui ne le quittait jamais.

– Parce que toi, tu t'en fiches ?

– Ne joue pas au con avec moi !

Merlin s'esquiva. Noé le suivit. Au passage, il contourna la table d'orientation octogonale où était dessiné le panorama de la côte d'Émeraude. Elle portait la mention « Impression et émaillage sur lave de Volvic ». Sur la lande pelée par les vents subsistaient quelques vestiges d'un bâtiment (un château ? un fort ?) : une tour en brique rouge, un perron, une fenêtre accrochée à la paroi rocheuse (on ne pouvait pas voir en détail sans se pencher dangereusement), et une passerelle suspendue au-dessus du vide. Petite, Scarlett disait que ces falaises déchiquetées étaient un « endroit vraiment parfait pour se sacrifier ».

– C'est ma fille, papa, c'est pas plus compliqué, asséna Merlin.

Noé serra les dents. La colère s'amplifiait, bientôt il ne pourrait plus la contenir. Il aurait voulu le gifler, mais son fils n'en avait plus l'âge, et lui non plus du reste. Il se sentit terriblement impuissant. Mais il pouvait le blesser par des mots, les mots blessaient son fils, c'était son point faible, avec des mots on pouvait le mettre à terre.

– Tu viens de t'en souvenir. C'est un peu tard. Mais admettons… Je te parie que tu vas rappliquer dans trois mois, ou pire dans trois ans, la queue entre les jambes, en nous suppliant de te dépanner…

Merlin avait la larme à l'œil et le poing fermé.

– Est-ce qu'un jour vous me ferez confiance ? Est-ce que je vais payer jusqu'à votre mort ?

– Tu n'auras plus à attendre longtemps, je n'ai pas ta santé… Asseyons-nous, tu veux bien ? Tu vois là-bas le troisième bateau en partant de la droite, le turquoise et blanc, c'est le *Stella Maris.* Je l'ai fait repeindre ce printemps.

Un cormoran noir – son oiseau préféré – piqua dans l'eau. Le soleil perça et la mer se remplit de couleurs, comme éclairée de l'intérieur. Noé repensa à sa promenade avec Achille, à leur conversation. Susan n'était donc plus de ce monde. Son cœur n'en concevait nulle tristesse. À l'époque, Marianne l'avait contraint à couper les ponts avec elle. Il avait promis à Susan que ça ne changerait rien, qu'il élèverait Achille comme ses autres enfants. Il n'en avait rien été, évidemment. Il n'avait pas pu lui rendre visite autant qu'il l'aurait voulu, et il était vrai (Marianne avait raison sur ce point) que son ex-femme avait tout fait pour le reprendre dans ses filets, du moins les premières années.

Son fils ne paraissait pas s'en souvenir, mais quand il était petit, il passait un week-end sur deux chez eux. Il avait sa propre chambre (qui était devenue par la suite celle de Lena). Quand Susan était retournée vivre aux États-Unis, Noé avait envisagé de porter l'affaire devant les tribunaux, on ne pouvait mettre délibérément un océan entre un père et son fils. Marianne le lui avait déconseillé. « Tu l'as quittée, ne l'oublie pas. Tu savais ce que tu risquais, c'était couru d'avance avec cette bonne femme. » Ça n'avait rien à voir.

Noé agrippa le bras de Merlin.

– Tu dois être cohérent. Tu nous as confié Scarlett parce que tu étais incapable de l'élever. Et, effectivement, tu ne t'es jamais comporté comme un père envers elle.

Le soleil s'éclipsa d'un coup et Scarlett apparut à la place.

– Je ne veux pas que vous vous disputiez à cause de moi, enjoignit-elle de sa voix grave et feutrée. De toute façon, c'est à moi de décider… Tu pars quand, Merlin ?

– Mercredi, bredouilla-t-il.

Merlin s'était levé. Il ne savait jamais quelle attitude avoir envers Scarlett. Il était souvent à côté de la plaque. Il n'y avait qu'à l'observer, il gesticulait, le regard baissé.

– Tu auras ta réponse d'ici là.

Scarlett faisait preuve d'une grande autorité naturelle pour son âge, mais elle n'en abusait aucunement. Elle impressionnait Noé.

– Il faut qu'on parle avant, tous les deux, quémanda Merlin, essayant désespérément d'allumer sa cigarette, avec le vent c'était peine perdue.

– Allez, viens, papé, on rentre, mamé nous attend.

Scarlett glissa affectueusement son bras sous celui de Noé, sans un regard pour Merlin. Noé en ressentit de la joie et de la tristesse mêlées. À l'arrière de la crêperie, les particules d'eau et de sel avaient rongé les barreaux des fenêtres, provoquant une coulée de rouille dégoulinant sur la pierre grise.

Noé se retourna. Voir son fils abattu l'attrista. Ils ne pouvaient la couper en deux, cette gosse, mais il faudrait trouver une solution.

– Papé ?

– Oui, Scarlett ?

– Vous n'avez pas à vous inquiéter, mamé et toi.

Il savait qu'il aurait dû répondre qu'elle était libre de sa décision, qu'ils respecteraient son choix ; au lieu de cela il lui tapota le bras.

– Je sais, ma fille, je sais.

Stella

Il s'était mis à pleuvoir. Merlin avait préparé une flambée, le feu n'ayant aucun secret pour lui, puis il était parti en vadrouille sous la bruine. Hypnotisée par le ballet des flammes, Stella souffla sur son grog brûlant. Elle ne parvenait pas à se réchauffer, avait pris froid en se baignant. Elle paraissait sûre d'elle, ce n'était qu'une façade, il n'y avait qu'à regarder ses ongles.

Stella sourit en repensant à Scarlett qui les avait accueillies, tracassée au sujet des deux lits séparés. Elles s'étaient empressées de les accoler. Charlotte prenait un bain pour se délasser du voyage, ses vertèbres la faisaient souffrir. Elle avait eu le droit d'utiliser la salle de bains des parents, un privilège. Marianne leur avait donné la chambre orange ; les trois couleurs dominantes – chocolat, vert olive et vermillon – se mariaient à merveille.

Juste avant cette histoire de bébé, Stella s'était surprise à beaucoup aimer sa vie. Son métier la passionnait, on la payait pour dessiner des objets jolis et inutiles pour une marque renommée. Elle habitait une péniche amarrée à la Bastille, ce qui lui donnait l'illusion de pouvoir changer de port si ça lui chantait. Elle se disait volontiers nomade, voyageait régulièrement, avait fait ses études et ses stages à l'étranger. Et puis il y avait eu Charlotte. Elles étaient ensemble depuis deux ans, autant dire une éternité.

Elles s'étaient rencontrées dans une salle de sport. Ce n'était pas très romantique, elles en convenaient volontiers. Stella aimait se dépasser. Ce n'était pas une affaire de ligne, mais de santé mentale. Elle courait, sautait à la corde, nageait en piscine, marchait en montagne, dans les déserts du monde entier. Elle avait expliqué à cette charmante inconnue comment utiliser l'une des machines de musculation. Elles avaient sympathisé, puis pris un verre. Stella avait tout de suite craqué. Charlotte était à la fois mince et plantureuse, sexy malgré elle. Des cheveux ondulés blond vénitien, des yeux dorés, un grain de beauté près de la bouche et un autre au coin de l'œil. Des lèvres pulpeuses, une peau veloutée. Elle s'était révélée incroyablement calme et gaie. Et très spirituelle. Intelligente et cultivée, elle enseignait la littérature anglo-saxonne à l'université.

Ce n'était pas l'idée de Stella, ce bébé. Sans elle, Charlotte l'aurait eu seule, ou presque. Elle venait d'avoir trente-quatre ans, n'excluait pas d'en avoir un autre par la suite. Stella n'avait pas eu son mot à dire. Et, si elle était sincère, elle se sentait quelque peu étrangère à toute cette affaire : elle ne s'était jamais imaginé avoir un enfant et son mode de vie était en adéquation avec cette intime conviction. Jusqu'à présent, ses nièces et son neveu lui suffisaient amplement ; lorsqu'elle voulait pouponner, elle s'invitait chez ses parents ou sa sœur, du moins jusqu'à ce qu'ils désertent la capitale. De même, Lena était venue chez leurs parents tous les week-ends profiter de Scarlett avant de devenir mère. Tout en elle criait alors le désir d'enfant, c'en était presque pathétique. Elle traînait déjà derrière elle comme un boulet ce nigaud de Vincent. Ce n'était pas lui qui allait réconcilier Stella avec les hommes. Elle lui préférait l'amoureux précédent, un garçon qui écrivait. À cette époque, sa sœur noircissait des cahiers qu'elle recopiait ensuite sur son Amiga. À plusieurs reprises, Stella avait ouvert ses fichiers en catimini et été agréablement surprise par ce qu'elle y avait lu. Lena avait abandonné ensuite toute velléité littéraire. Jamais Stella n'avait ressenti ça, ce manque, ce besoin qui contamine tout. Elle se disait que les choses se feraient sans doute naturellement quand le bébé serait là, et plus seulement dans le ventre de Charlotte.

Zoé s'approcha d'elle en portant avec difficulté un album en cuir rouge. Stella vint à son secours. Elle adorait sa nièce. Depuis Pâques, la fillette avait grandi, parlait plus posément, son vocabulaire s'était enrichi.

Quand Charlotte lui avait annoncé qu'elle était enceinte, elle avait été à deux doigts de tout envoyer valdinguer. Elles s'étaient violemment disputées, et Stella était sortie se défouler dans une boîte de nuit. Sur la piste, une fille – vingt ans, blonde peroxydée, cheveux ras, corps androgyne – l'avait draguée. Elles s'étaient vite retrouvées langues et jambes emmêlées dans les toilettes rose bonbon de l'établissement. Quand la fille avait entrepris de la lécher, elle l'avait gentiment, mais fermement, repoussée. Le visage de

Charlotte s'était interposé, elle ne pouvait lui faire ça. La fille l'avait traitée d'allumeuse.

À la première échographie (elle s'était d'abord sentie ridicule et légèrement honteuse, ayant du mal à assurer son statut, de quoi exactement ?), Stella avait eu les larmes aux yeux. Elle ne s'attendait pas à être à ce point chamboulée. Elles allaient devoir déménager. Un bateau n'était en aucun cas un endroit adapté, elle était la première à le penser. À choisir, elle préférerait un petit garçon, mais on n'en était pas là. Le géniteur était le meilleur ami de Charlotte, Gaël. Il était gay. Stella n'avait pas souhaité avoir de détails et du reste on ne lui en avait pas donné. Charlotte le connaissait depuis l'École normale, ils avaient partagé une colocation. Stella ignorait quelles étaient les intentions de Gaël, elles n'en avaient jamais réellement discuté. Elle craignait qu'un quatrième larron n'entre dans la danse, ça finirait par devenir compliqué.

– Tata, c'est toi ?

Zoé désignait une photo. Trois enfants posaient en marinière, chapeau de paille et jambes nues devant un portail ouvragé. Stella ne se rappelait pas cet endroit (une maison en meulière, entourée d'une barrière grenat). Elle eut une seconde d'hésitation, puis secoua la tête.

– C'est qui, alors ? questionna la fillette.

Stella vérifia que ni ses parents ni Lena n'étaient dans les parages. Plus loin, Achille et ses triplés jouaient aux cartes sur la grande table verte, incrustée de fleurs en papier d'origami et de feuilles d'or, qu'elle avait fabriquée.

– C'est Violette, chuchota-t-elle.

– C'est un enfant de mamie ?

– Oui… Moi non plus, je ne l'ai pas connue, je n'étais pas née.

– Elle est morte, c'est ça ?

Stella acquiesça.

– Elle a fait une mauvaise chute, quelque chose comme ça.

– Tu ne sais pas ?

– Non, c'est étrange mais non.

Marianne passa à côté d'elles, l'air réprobateur, les cheveux ruisselants de pluie. Elle avait dû entendre des bribes de leur conversation. Armée de ciseaux, elle rapportait du jardin des herbes aromatiques (basilic, romarin, menthe et sauge, Stella peinait à les reconnaître).

Zoé regarda sa grand-mère s'éloigner, sembla hésiter avant de murmurer :

– C'est dommage… Enfin, dans le sens où c'est triste. Je peux te faire un câlin ?

Stella en avait parlé à sa sœur à plusieurs reprises. Le silence était ridicule, dévastateur, celui-ci comme les autres. Tôt ou tard, Zoé découvrirait ce secret de polichinelle et en voudrait aux adultes de lui avoir dissimulé la vérité.

Stella avait toujours su pour Violette. Elle le tenait de Merlin, de Lena. Des messes basses et noires avaient été célébrées à l'abri des regards dans la buanderie de l'appartement parisien, dans le ronronnement de la machine à laver. Leurs parents avaient fait comme s'ils ne voyaient rien, et sans doute avait-ce été le cas. Aujourd'hui personne ne paraissait s'en souvenir. Elle-même avait oublié ce qu'on avait pu lui raconter.

– En tout cas, tu lui ressembles, ajouta Zoé.

Un jour, Stella s'était déguisée en fée à l'anniversaire d'une copine. Sa mère avait paru fâchée en venant la chercher. C'était parfaitement injuste et elle n'avait pas manqué de le lui faire remarquer. Marianne s'était empressée de l'emmener chez le coiffeur, à la grande joie de Stella qui le réclamait depuis des mois. On avait coupé ses boucles brunes, quasiment des anglaises, puis sa mère lui avait offert sa première paire de jeans. Après, elle avait surtout porté les salopettes de son frère, plus commodes pour sauter dans les rochers et grimper aux arbres.

– J'ai toujours été un vrai garçon manqué, conclut Stella.

– Tu ne l'aimes pas beaucoup, mamie, on dirait.

– Qu'est-ce que tu racontes ?

Stella sentit la boule d'angoisse grossir dans sa poitrine, elle avait du mal à respirer. Si elle prenait plaisir à nager dans la mer, à marcher sur les sentiers côtiers, à courir sur le sable, c'était auprès de ses parents qu'elle se déchargeait de son stress. Quoi qu'elle en dise, leur avis comptait beaucoup. Elle se mordilla les ongles, son vernis violet n'avait pas très bon goût. Elle était arrivée confiante, mais en franchissant le seuil de la villa, toute sa nouvelle assurance avait volé en éclats, ses peurs étaient revenues au galop. Ce questionnement incessant qui la taraudait depuis des semaines et qu'elle avait réussi à faire taire bourdonnait de nouveau à ses oreilles, tel un acouphène.

Gustav, Sydney et Rose

Les volets étaient fermés, et le noir, complet. Les trois enfants gardaient les yeux ouverts. Ils n'avaient pas l'habitude d'un tel vent. Ils devaient se rendre à l'évidence, dans l'ensemble on se fichait pas mal d'eux. Ils avaient la sensation d'être transparents. Il y avait pire, se consolaient-ils en voyant quel sort avait été réservé à Émile, Victoria et Aissatou, qui s'étaient enfuis avant le déjeuner, comme des rats quittant le navire. Ils avaient été bien inspirés de ne pas les ajouter à l'arbre généalogique qu'ils étoffaient au fur et à mesure de leur immersion dans la maison.

Il était presque minuit. Ils allumèrent leurs lampes de poche et rassemblèrent leurs futons au centre du dortoir. Ils avaient inventé le jeu des statues pour vérifier leur hypothèse. Quand quelqu'un pénétrait dans la pièce où ils se trouvaient, ils s'arrêtaient net de bouger, de parler, de respirer. Certains adultes semblaient tellement affairés qu'ils ne les remarquaient pas, comme s'ils s'étaient rendus invisibles, bibelots géants posés au milieu des meubles et des plantes vertes. Ils avaient assisté ainsi à des conversations qu'ils n'auraient pas dû entendre, surpris des gestes qui n'étaient pas de leur âge. À ceux qui leur adressaient un sourire poli ou un hochement de tête, les trois enfants opposaient un silence stoïque. À ceux qui essayaient de bonne foi d'entrer en communication avec eux, ils répondaient le minimum syndical, l'idéal étant de rester muets comme des tombes. Ils avaient poussé le jeu assez loin avec Scarlett, la chouchoute de leur grand-père. Plus les heures passaient, plus elle paraissait effrayée. Parfois elle repartait tout de suite, oubliant ce qu'elle était venue faire. C'était avec elle que ça marchait le mieux.

Dans l'obscurité, les créatures peintes sur les murs grimaçaient, et les bourrasques qui faisaient craquer les arbres et grincer les volets étaient loin de les rassurer.

Ce jeu ne s'appliquait pas à leur père évidemment, ils lui avaient promis d'être sages et de ne pas faire de bêtises (et c'en était une d'une certaine façon). Ni à Noé ni à Marianne, en leur qualité d'anciens, ils pourraient en prendre ombrage et se plaindre auprès d'Achille. Au final, leur grand-père était un chic type, et leur sortie en mer les avait emballés. En revanche, ils évitaient son épouse dans la mesure du possible. Leur grand-mère, c'était Susan, et elle était morte. Par sa bouche, ils en avaient entendu des vertes et des pas mûres sur cette garce qui lui avait chipé son mari. Marianne ne semblait pas si horrible que ça, se révélant plutôt cocasse pour une femme de son âge, mais elle parlait mal à Achille, le rabrouait comme un petit garçon. Décidément, leur père n'avait pas de chance avec le genre féminin.

Rose passa l'aiguille dans la flamme du cierge blanc qu'ils avaient emprunté à l'église. Ses deux frères la regardèrent bouchée bée. Elle était tellement belle et intelligente, c'était elle qui avait les meilleures idées.

Quoi qu'il en soit, ce voyage s'avérait une bénédiction. Les enfants n'étaient pas pressés de rentrer chez eux. Cruella, comme ils appelaient désormais leur mère, ne leur laissait jamais une minute de répit. Elle était sans cesse derrière leur dos. Il fallait filer droit, se tenir à carreau. Leur vie n'était qu'une longue suite de sommations.

Rose lut le texte qu'elle avait préparé, avant de le consumer à la flamme de la bougie. Une odeur de papier brûlé se répandit dans la pièce. Ils chuchotèrent en se crochetant les doigts, se jurant de vivre ensemble toute leur vie, tous les trois. Ou du moins dans des maisons mitoyennes, collées les unes aux autres, formant ainsi une sorte de communauté.

Au début, Beth avait agi en cachette et Rose, souffert en silence. Les garçons avaient fini par apercevoir à la piscine les marques sur ses épaules, ses cuisses. Ils avaient pris leur mère en flagrant délit, la filmant à son insu, et lui avaient déclaré la guerre. Mais, plus ils lui menaient la vie dure, plus les coups (de martinet essentiellement) et les brimades pleuvaient sur leur sœur, triste spirale sans fin. Et leur père qui n'était jamais là, qui ne voyait rien.

Rose se piqua le doigt, une goutte de sang perla. Gustav en fit de même. Sydney se mit à trembler, et sa jumelle se chargea de l'opération. Il grimaça, contrairement aux deux autres demeurés impassibles. Ils joignirent leurs doigts.

Quand les garçons s'endormirent, Rose alluma le caméscope. On y voyait Beth la frapper avec le plat de la main en la couvrant d'insultes, elle était une incapable, une bonne à rien. La petite fille sourit. Ils montreraient la cassette à leur père, le convoqueraient à une drôle de séance de cinéma, ils attendaient juste le moment opportun. Il serait bien obligé de les croire.

Vincent

Dans la nuit, Vincent fut réveillé par quelque chose d'inattendu, pour ne pas dire d'inespéré. Ses doigts s'enfoncèrent dans quelque chose de doux, humide et chaud. Sa femme haletait en silence à ses côtés, dirigeant sa main à l'intérieur d'elle. Il garda les yeux fermés. Lena enserra son sexe dur, et il entra en elle comme dans une forêt liquide. Elle devait avoir fait un rêve érotique ou être la proie d'une crise de somnambulisme d'un nouveau genre. Il ne fallait pas s'en plaindre. Il devait se concentrer, retarder l'explosion, ça allait être terrible. Il y avait si longtemps. Il s'empêcha d'embrasser ses seins. Maintenant il les devinait dans la pénombre. Elle était si belle. Il avait tellement peur de la perdre. Après de longues minutes de communion fébrile, elle s'écroula sur lui. Il jouit aussitôt. Ils restèrent un moment comme ça, sculpture païenne, primitive, de chair et de sang. Il posa les lèvres sur ses cheveux et pleura en silence.

Depuis quelques mois, il ne savait plus comment s'y prendre avec elle, il en était tour à tour inquiet ou agacé, cela dépendait de son état de fatigue. Lena se sentait isolée depuis leur déménagement. Lui, au contraire, commençait à connaître pas mal de monde entre le travail, le squash et le club de tennis. Lena le suspectait – à tort – d'avoir une liaison avec l'une de ses assistantes. Ce n'était pas parce qu'on le courtisait qu'il allait succomber. Avec Lena, le sexe tenait pourtant du parcours du combattant et il en ressortait rarement vainqueur. Il y avait presque renoncé, elle ne facilitait pas la tâche en faisant lits séparés. Il redoutait ses réactions à l'emporte-pièce, notamment quand elle refusait – en les camouflant de ses mains – qu'il lui embrasse les tétons, décrétant qu'ils avaient souffert de ses trois grossesses – deux, l'avait-il reprise un jour, et ses yeux de biche s'étaient noyés dans l'instant – et deux allaitements. Vincent avait été jaloux de ce nourrisson vorace et insatiable, accroché aux mamelons de sa femme pendant des semaines. Quand elle avait arrêté de le nourrir (la première dent du bébé avait percé et il s'amusait à la mordiller), Vincent avait cru que ça lui passerait. Six mois plus tard, on en était au même point.

Dans son lit parapluie, Théo respirait fort. Il avait dû s'enrhumer sur la plage. Zoé s'était endormie dans le lit de sa cousine à l'étage supérieur – pour combien de temps ? À tout moment, elle pouvait appeler ou débarquer. Vincent n'aimait pas qu'elle soit loin d'eux. Il ne supportait pas qu'une personne extérieure se charge de sa progéniture. Il ne rechignait pas à accomplir un grand nombre de tâches ménagères, mais il avait apprécié que Lena renonce à son poste après son premier congé maternité (elle s'était fourvoyée des années dans un obscur théâtre parisien dont elle assurait la communication, concevant affiches et programmes). Il s'était efforcé de lui rendre la vie douce et facile, même si ça ne semblait plus lui suffire aujourd'hui.

La respiration de Lena devint plus régulière, son corps, plus lourd. Il le roula doucement sur le côté. Quand Théo commença à s'agiter, il lui replaça la tétine dans la bouche, le léopard dans les bras. Les yeux clos, le visage apaisé, sa sœur et lui se ressemblaient tant (même front bombé, même nez retroussé, mêmes lèvres roses dessinées, mêmes longs cils recourbés). À la naissance de son fils, Vincent avait eu le sentiment qu'on lui présentait le même nouveau-né, cinq ans après.

Lena aurait voulu qu'il s'investisse davantage dans leur éducation. Il travaillait énormément, il se devait d'être performant dans sa nouvelle boîte, il risquait gros. C'était lui qui faisait bouillir la marmite. Il n'était pas un surhomme. Quand il rentrait, il découvrait les milliards de choses laissées en plan, le fatras d'une maison où les bambins avaient tous les droits. Il devait tout finir derrière elle : lancer une machine pour avoir une chance de porter une chemise propre le lendemain, remplir le frigo, etc. Mais Lena était une bonne mère, même si parfois elle paraissait sur le point de craquer, même si parfois il redoutait qu'elle ne fasse une connerie. Jusqu'à présent il avait été confiant. Toutefois, jeudi soir, il l'avait retrouvée penchée au-dessus de la fenêtre. Il s'était approché doucement, avait demandé « Où sont les enfants ? », et elle avait mis une bonne minute avant d'être en mesure de lui fournir une réponse.

Il n'arriverait pas à se rendormir. Il enfila un caleçon et un tee-shirt. Essaya en pure perte de ne pas faire craquer les marches de l'escalier. Puis hésita devant l'écriteau qui le menaçait « Interdiction d'entrer dans ces lieux sans y avoir été invité ! ». Comme il le craignait, Zoé était sur le point de tomber du lit rouge métallique, la couette ne la couvrait plus et sa chemise de nuit était remontée jusqu'au nombril. Scarlett, son persan et ses colossales peluches – Zoé y était allergique – prenaient toute la place. Le chat feula quand Vincent s'approcha. Il prit l'enfant dans les bras le plus délicatement possible et alla la glisser aux côtés de Lena. Sa femme adorait coucher avec ses petits, plus qu'avec lui.

Où était la télé dans cette baraque ? Il réalisa qu'il n'y en avait tout simplement pas. Il pesta, puis remonta chercher son ordinateur portable. Il s'installa sur la banquette en cuir bleu du salon bibliothèque. Au centre de la pièce, la table de billard au tapis lui aussi bleu pétrole occupait presque tout l'espace. Dans un coin, l'aquarium ronronnait. Vincent n'aimait pas son éclairage blafard, ni les créatures à sang froid qui le peuplaient. Il alluma le lampadaire qui diffusa une lumière orange sur la bibliothèque. Cette dernière était constituée d'un empilement de cubes en plastique colorés et abritait des livres de peinture et de photos, des guides de voyages, des romans (de poche essentiellement). Vincent n'avait jamais beaucoup aimé lire. Il était jaloux des longues heures que Lena passait – perdait – dans les bouquins, et puis il y avait cette vieille rancœur, même si elle commençait à dater, envers son ancien rival, ce jeune souffreteux sans le sou transformé en auteur à succès, qu'elle avait fréquenté juste avant lui. Il la soupçonnait d'encore y penser. L'autre jour, il l'avait surprise en train de l'écouter discourir à la radio. Sa bouche ouverte semblait absorber ses paroles comme un doux élixir.

En raison de la connexion douteuse, il renonça vite à surfer sur la toile et se mit en quête d'une goutte d'alcool fort. Marianne dissimulait les apéritifs quand Merlin était dans les parages. Il débusqua néanmoins un fond de chartreuse sous l'évier. La liqueur vert pâle, amère et sucrée, lui brûla l'œsophage. C'était ce qu'il lui fallait, il se resservit.

Vincent repensa à Lena. Peut-être les choses n'étaient-elles pas si désespérées. Il ne devait pas la brusquer, mais lui montrer qu'il était là, qu'il ne la laisserait pas chavirer et les entraîner dans sa chute.

Merlin et Stella surgirent de nulle part et interrompirent ses réflexions. Ils avaient fait un feu sur la plage, le sable qu'ils semaient partout et l'odeur de fumée qu'ils dégageaient en attestaient. Ils lui proposèrent de partager un peu d'herbe, et Vincent se dit que ça le détendrait. Les deux jeunes gens étaient joyeux et volubiles, et il fut bientôt gagné par leur hilarité. Il songea à *Mary Poppins* que sa fille regardait en boucle, à cette scène surréaliste de thé au plafond : « C'est bon de rire, ah ah ah. » Entre deux blagues, il comprit que Merlin voulait reprendre sa fille. Vincent lui donna l'accolade et approuva sa décision (même si le « re » de reprendre lui semblait de trop). Puis son beau-frère se volatilisa, c'était une vraie anguille.

Stella avait toujours été très distante avec Vincent, ou du moins indifférente. Se retrouver seul avec elle au beau milieu de la nuit, sur le même canapé, lui parut donc saugrenu, et il se garda bien de prononcer le premier mot, faisant mine de parcourir un ouvrage sur le pays Dogon. La jeune femme se pencha vers lui. Elle était ivre, et ses yeux, presque phosphorescents. Elle avait éteint la lumière orange, préférant la lueur blafarde de l'aquarium. (Elle devait aimer la compagnie des poissons, Vincent se rappela qu'elle plongeait régulièrement en mer Rouge.) Elle colla sa bouche à son oreille et murmura :

– Nous allons avoir un bébé.

Vincent fut gêné de ce contact, ses lèvres étaient froides.

– Félicitations ! dit-il.

– Enfin, c'est Charlotte qui est enceinte, précisèrent les lèvres bleues.

La tête de Vincent tournait, les livres dansaient dans la pièce, les poissons s'échappèrent enfin de leur prison. Stella hoqueta, puis chuchota :

– Je ne l'ai encore dit à personne. Tu me jures de garder ça pour toi ?

– Je le jure sur la tête d'Achille, promit Vincent.

Stella rit bien trop fort, elle allait réveiller toute la maisonnée. Elle reprit sa position initiale, tête en arrière, jambes en tailleur. Sa jupe remonta dangereusement sur ses cuisses maigres et musclées. On devait voir sa culotte. Elle n'avait pas le sens des convenances, ou peut-être voulait-elle le mettre mal à l'aise.

– Tu es une jeune femme vaillante, et puis un enfant, c'est la chose la plus belle qui puisse arriver, lui assura-il, tandis que les poissons entamaient une partie de billard.

– Tout à l'heure, j'étais paumée, mais avec tout cet alcool dans les veines, j'y vois plus clair, c'est comme un révélateur.

Elle l'embrassa sur le front. Ses seins, qui furent un instant à la hauteur des yeux de Vincent, étaient petits et sentaient la mûre, comme la peau de Lena. Il revit sa femme sur lui, le visage inondé de ses cheveux blonds. Il connaissait son corps par cœur, elle était son pays, sa géographie intime, il n'en avait jamais foulé d'autre, ça ne lui serait pas venu à l'esprit.

Il fut presque soulagé de voir Merlin remonter de la cave avec une bouteille de blanc millésimée dans une main et trois flûtes à champagne dans l'autre.

– À nos enfants ! trinqua son beau-frère.

Stella lui donna un coup de coude, que Merlin ne remarqua pas. Vincent se sentit obligé de lui répondre par un clin d'œil complice.

Il se réveillerait dans le canapé avec la gueule de bois et ne se souviendrait de rien.

DIMANCHE

Stella

Stella n'avait pas encore vu la véranda aménagée. Elle avait conseillé ses parents, en avait dessiné les plans. Le résultat était magnifique. Elle effleura les grosses perles colorées incrustées entre les tommettes du sol. La sensation de verdure donnée par le parc était renforcée par les plantes suspendues au plafond et un nombre incalculable d'arbustes, pour la plupart exotiques (palmiers nains, dattiers, orangers), et d'orchidées.

Elles auraient dû l'annoncer ensemble, mais Charlotte avait flanché au dernier moment. « C'est à toi de le faire, moi j'ai coupé les ponts avec les miens pour éviter ce genre de scène », avait-elle justifié. Stella ne lui en voulait pas. Elle s'était réveillée sereine. Le ballon dans sa poitrine avait crevé d'un seul coup, la délestant de l'angoisse qui la tenaillait depuis son arrivée. Elle avait recouvré sa confiance, sa superbe, ses plumes s'étaient regonflées après la soirée passée en compagnie de Merlin et Vincent. Somme toute son beau-frère n'avait pas que des défauts, et au moins il n'était pas condescendant avec Merlin, comme tant d'autres. La veille, elle l'avait découvert sous un nouveau jour, à croire qu'il n'était coincé qu'en présence de Lena. Qu'est-ce qu'elle pouvait être rabat-joie quand elle s'y mettait ! Elle aurait dû être nonne. D'ailleurs si sa mémoire était bonne, elle avait fréquenté un temps les bancs de l'église. Stella aimait sa sœur, même si elles avaient du mal à communiquer. Elle se souvenait de quelque chose de fort entre elles, et la perte de ce lien la faisait parfois souffrir.

Avant que Charlotte ne prenne la fuite, Stella l'avait entraînée dans le petit salon. Elle était émoustillée par sa robe à fleurs boutonnée sur le devant. Elle avait détaché les boutons du haut et ses seins gonflés et blancs, ses seins de jeune fille aux aréoles rose clair, avaient débordé du soutien-gorge à dentelle prune qu'elles avaient choisi ensemble (elle possédait le porte-jarretelles assorti). Quelqu'un avait gloussé. Ils étaient planqués derrière la banquette. Folle de rage, Stella avait tiré le bras de l'une et l'oreille de l'autre. Il manquait un des garçons. « Calme-toi, Stella. Ce ne sont que des enfants ! » avait ri Charlotte.

Stella tapota la cage des perruches bleues. À l'autre bout de la pièce, une deuxième cage contenait des moineaux du Japon. Depuis qu'elle habitait ici, sa mère pouvait laisser s'épanouir son inclination pour les animaux. Les trois chats officiels cohabitaient plus ou moins bien avec un ou deux spécimens temporairement recueillis. Celui de Stella, Sarayane, était le plus âgé, un matou tigré ordinaire. Elle l'avait laissé à ses parents avant de partir étudier au Canada. C'était un don. Depuis il ne semblait pas la reconnaître et ne venait plus ronronner sur son ventre. À cause des allergies de Zoé, Lena avait dû se séparer de sa chatte Bidule (énorme, avec de longs poils noirs, versatile). Baby-Blue, le persan blue point de Scarlett, aux poils blancs terminés de gris bleuté, était capricieux. Marianne avait récemment recueilli un chaton gris souris ébouriffé, baptisé Étamine. Elle l'avait sans cesse dans les jambes, il la griffait sans qu'elle s'en rende compte. Marguerite, la tortue de terre, creusait quelque part dans le jardin ; à chaque fois qu'on la croyait échappée ou morte, elle réémergeait des profondeurs. Elle pouvait mordre.

Stella avait remarqué le manège des triplés, elle n'était pas dupe, c'était pour ça qu'elle s'était emportée. Mais elle ne dirait rien à Achille, ce n'était pas une rapporteuse et elle n'avait guère d'affection pour lui. Très tôt, elle avait compris qu'il la considérait comme une intruse, voire une usurpatrice, alors que c'était lui la pièce rapportée, pas elle. Elle détestait encore plus sa femme. Jeune fille, Stella avait séjourné chez eux. Une idée de Marianne. « Il faut bien que ça serve à quelque chose, ton fils américain », avait-elle lancé à Noé. À l'époque, Achille habitait San Francisco, une villa d'architecte donnant sur la baie. On pouvait y apercevoir des biches traversant le parc avec le Golden Gate Bridge en arrière plan. Durant son séjour, Stella avait évité autant que possible l'intérieur cosy qui empestait le Mixa bébé et le désinfectant. Elle avait découvert un nouveau monde, celui des quartiers gay et hippie. Une nuit, elle avait eu la bêtise de ramener une fille. Au matin, Beth les avait virées sur-le-champ. Stella n'avait jamais revu cette belle rousse aux yeux mauve prénommée Mary-Kate. Elle s'était retrouvée à la rue, jusqu'à la date de son billet de retour. Elle avait dormi dehors, ça aurait pu mal tourner. Ses parents n'étaient pas au courant, c'était tout neuf pour elle aussi, et Beth avait tout gâché.

Stella sursauta en tombant nez à nez avec un serpent corail. Une pancarte collée sur le terrarium précisait : « Je m'appelle Amédée, il ne faut pas frapper sur la vitre, ça me dérange. » Ce devait être une idée de Scarlett, sa nièce était parfois bizarre.

La jeune femme soutenait son frère, même si elle concevait que ce soit dur pour les parents. Scarlett était un prêt, certes à longue durée, plus qu'un don, elle l'avait toujours vu comme ça. Lorsque la petite fille était arrivée dans le foyer familial, Stella avait pu goûter aux joies de devenir grande sœur. Elle s'était toujours beaucoup intéressée à elle, mais depuis qu'elle était entrée dans l'adolescence, elle avait mis les bouchées doubles. Une fois par mois, Marianne et Scarlett montaient à Paris et elle passait une partie du week-end en leur compagnie. Elles faisaient les boutiques, allaient au cinéma, testaient des restaurants japonais. Ses parents avaient gardé un pied à terre près de la gare Montparnasse. Merlin l'avait habité par intermittences, mais quand ils avaient déménagé, ils avaient émis le souhait d'en disposer à leur guise. Depuis il jouait les SDF, il ne fallait pas le lui reprocher. Stella l'hébergeait régulièrement, sauf depuis qu'il était avec Aissatou.

– Alors, ça te plaît ?

Marianne fit son entrée, Théo dans les bras et Zoé dans ses jupes.

– On va installer des petites lumières partout, ça sera joli, ce soir.

Elles commencèrent à mettre les bougies rouges et violettes dans les photophores et bougeoirs réquisitionnés.

– Maman, tu as cinq minutes ?

Stella vit s'inscrire « Quoi encore ? » dans les yeux de sa mère. Celle-ci s'inquiétait beaucoup pour sa santé, lui trouvait l'air anémié. Il était vrai qu'elle était pâle et que ses attaches fines – chevilles et poignets – pouvaient donner l'illusion qu'elles allaient se briser à tout moment. Cette impression était renforcée par ses yeux dérangeants, trop grands, trop verts. « Yeux verts, yeux de vipère », avait-elle entendu toute sa scolarité.

– C'est urgent ? demanda Marianne.

Ça ne l'était pas. Dans l'idéal Stella aurait préféré attendre. Il y avait eu des fausses couches dans sa famille. Sa mère (entre Lena et Violette), et puis sa sœur. Mais Charlotte était résolument optimiste et comptait sur elle, elle ne pouvait la décevoir.

– Les premiers invités ne vont pas tarder et Lucas est en retard… ajouta Marianne avant qu'elle n'ait eu le temps de répondre.

Ce copain de Stella s'était lancé dans le catering. Il concoctait des recettes originales et avait besoin d'argent. Stella espérait qu'il serait à la hauteur et n'allait pas leur faire faux bond, sa mère ne lui pardonnerait pas. Elle le connaissait depuis l'enfance. Il venait ici en vacances chez ses grands-parents. À quatorze ans, elle était sortie avec lui, rien de très sérieux. En secret, elle lui préférait sa sœur, plus âgée, une fille belle et hautaine.

– Non, on verra ça plus tard… Tu as eu raison pour les perles, je n'étais pas sûre de l'effet, mais c'est très réussi.

Le sourire de Marianne éclaira ses yeux fatigués.

– Oui, je trouve aussi… Où est Charlotte ?

– Elle est allée marcher sur la plage. Je vais la chercher.

– Revenez vite ! J'ai besoin de vous pour mettre le couvert.

Stella eut beau courir, ses angoisses la poursuivirent, les vautours qui la hantaient ricanèrent, lui jetèrent des pierres.

Charlotte

– Viens, on grimpe là-haut, dit Stella en désignant la falaise.

– Et la fête ? demanda Charlotte.

Stella ne prit pas la peine de répondre. Elle s'enfonça dans ce qui devait être l'ancien lit d'une rivière aujourd'hui asséchée et pressa le pas en commençant à gravir le sentier côtier. La montée était raide, le sol meuble, et elle avait du mal à la suivre. Elle marmonna « elle le fait exprès ou quoi », mais ça n'entamerait pas sa bonne humeur ; ce bébé encore invisible à l'œil nu l'emplissait.

À voir la tête de Stella (son mascara avait coulé), sa discussion avec ses parents n'avait pas dû être une partie de plaisir, inutile de l'interroger. Charlotte avait préféré fuir (les préparatifs, l'annonce à la famille) ; tout ça lui donnait la nausée.

Elle rejoignit enfin Stella et s'écroula sur le banc.

– Tu peux continuer si tu veux, je ne bouge plus jusqu'à nouvel ordre… Je n'étais jamais montée ici, c'est magnifique !

La falaise recouverte de bruyères, d'ajoncs et de fougères, parsemée de fleurs roses, tombait dans l'eau transparente, traversée de coulées vertes. D'où elle était, Charlotte pouvait apercevoir le coin de plage uniquement accessible à marée basse et par forts coefficients où elles s'étaient baignées la veille. Pour se sécher, elle s'était allongée sur une longue pierre noire qui avait emmagasiné la chaleur de la journée. Elle avait ressenti les pulsations de la matière, de son cœur ou de celui du bébé, peut-être un mélange des trois. Ils étaient en symbiose. Elle avait engrangé des réserves d'énergie. Elle regrettait juste de s'être énervée contre Stella. Elle avait surpris son regard sur une fille aux cheveux courts roses, et plus précisément sur son deux-pièces d'où émergeait un tatouage coloré, à la naissance des fesses – un dragon. Charlotte était viscéralement jalouse et son état décuplait ses sentiments, les bons comme les mauvais, et Stella ne pouvait s'empêcher de la faire souffrir.

– Ça ne m'étonne pas, tu viens toujours en coup de vent, ronchonna celle-ci en allumant une cigarette.

– S'il te plaît, la fumée, pas dans ma direction.

– Tu me gonfles !

Stella repartit au pas de charge, laissant la jeune femme perplexe à plus d'un titre. Gaël l'avait appelée. Charlotte pensait naïvement que les choses étaient claires, elle s'était trompée. Son ami voulait faire une préreconnaissance de paternité à la mairie. Il s'était renseigné, ce serait plus facile à la naissance comme ça (puisqu'ils n'étaient pas mariés, avait-il précisé) ; leur enfant aurait un père et une mère, ne vivant pas ensemble, mais s'entendant parfaitement. Une situation relativement conventionnelle, plutôt enviable. Et Stella dans tout ça ?

La mère de Gaël était tout excitée à l'idée de devenir mamie (ça leur montait tous un peu au cerveau). Charlotte avait passé de nombreux séjours dans la demeure bourguignonne des parents de Gaël, elle les aimait bien. Tout était simple avec eux. Marianne était peut-être charmante avec elle, mais elle semblait s'échiner à se voiler la face, alors que plus d'une fois elle les avait trouvées enlacées. Et Noé avait un petit faible pour elle, son regard s'enflammait dès qu'il la voyait (et que sa femme n'était pas dans les parages, il devait posséder une sorte de système de veille). Cela devenait pénible.

Stella réapparut, un brin d'herbe coincé nonchalamment entre les dents et les vêtements détrempés :

– J'avais trop chaud, rit-elle en guise d'explication.

Elle se mit derrière Charlotte, l'enlaça, lui caressa le ventre.

– Je suis tellement heureuse. Je m'en fous de ce qu'ils pensent.

– Tu ne leur as rien dit, c'est ça ?

– Laisse-moi encore un peu de temps.

Charlotte soupira. Leurs cinq années de différence lui pesaient parfois.

– Ça fait des jours que tu me bassines avec ça. Tu fais comme tu veux, mais ne m'en parle plus alors. En plus je ne vois pas où est le problème, tes parents sont des gens très ouverts.

– Je crois que ce n'est pas le moment. Ils sont un peu perturbés avec cette histoire, ils élèvent cette gosse depuis dix ans.

– Ce n'est pourtant pas sorcier, Scarlett est la fille de Merlin, point barre.

– Pour toi, les liens du sang sont plus importants que ceux du cœur ?

Cela faisait longtemps que Charlotte s'était dégagée de son étreinte.

– Arrête de me provoquer ! Si tu n'en veux pas de ce bébé, tu n'as qu'à le dire franchement.

– Pourquoi tu simplifies tout ?

– Si tu m'aimais vraiment… ne put-elle s'empêcher de lâcher.

– Charlotte, je t'aime, et on l'aura ce bébé, si c'est ce que tu veux.

Ce n'était pas ce qu'elle aurait aimé entendre, mais ça ne l'attrista pas. Elle en était arrivée à un point où l'avis de sa compagne – son soutien, son implication – lui importait moins qu'elle ne voulait le croire. Seule comptait la vie en gestation au creux de ses entrailles, cette graine d'enfant à venir, une petite fille, espérait-elle. Au fond de l'anse, le village était niché dans la colline, protégé du monde.

Noé

Noé repéra dans l'assemblée des copains de lycée, de caserne, de la faculté de médecine, qu'il n'avait pas revus depuis un demi-siècle. Des collègues de travail de toutes les époques. D'anciennes maîtresses. Quelques voisins. Plus la famille. Au total une quarantaine de convives. Il ne pensait pas qu'il y aurait autant de monde. Au départ, il ne tenait pas spécialement à cette fête, mais au final il en était enchanté et Marianne avait accompli des merveilles. Une grande tente blanche rectangulaire avait poussé dans le jardin. Une immense table avait été dressée avec la vaisselle de sa grand-mère, un service qui n'avait pas été utilisé depuis leur mariage, il le pensait cassé. Marianne rayonnait. Son ensemble en soie bleue était un peu osé, mais il lui allait bien. Elle portait des plumes en guise de boucles d'oreilles et avait laqué ses cheveux de paillettes. N'importe qui aurait eu l'air déguisé dans cette tenue, sauf elle.

Sa nièce Audrey se tenait à côté de Rachel, la sœur de Noé, une main protectrice sur son épaule. Émeric, son petit-neveu, était devenu un beau garçon. Il était touché qu'ils aient fait le déplacement depuis le sud de la France, autant dire le bout du monde pour lui. Audrey avait rajeuni depuis la dernière fois, elle était en beauté. En revanche, Rachel semblait égarée dans le fauteuil en velours vert. Il y a deux ans, elle lui avait vendu ses parts des *Myosotis* pour acquérir la résidence de ses rêves sur la Côte d'Azur, au soleil. Noé avait signé le compromis de vente de leur appartement parisien sans en parler à Marianne. Au début, son épouse avait résisté, allant jusqu'à le menacer de divorcer, et puis elle s'était laissé convaincre. Il s'était réjoui de ce revirement, il n'aurait pas pensé que ce serait si facile.

Il avait le trac. Sa main trembla derrière sa feuille. Il attendait que tout le monde soit assis. On boirait ensuite le verre de l'amitié – une sangria pour les adultes, un cocktail de fruits frais pour les enfants.

Zoé en robe de princesse papillonnait, au milieu des triplés endimanchés dans des habits à col marin (une idée de Beth probablement) et d'une ribambelle de gamins. Ce matin, un des jumeaux (lequel ? il n'était pas encore parvenu à les distinguer) avait surgi dans son bureau pour s'y cacher, personne n'oserait le chercher ici. (Il avait vu juste.) Scarlett lui avait confié que les triplés lui fichaient la frousse. Il lui avait répondu qu'il en était de même pour lui. C'était faux. Il ne demandait qu'à les connaître, mais en aurait-il le temps ?

Quand tout le monde fut assis, Noé frappa sur son verre, s'éclaircit la gorge : « Chers amis, merci à vous d'être venus. Et particulièrement à… »

Son discours fut applaudi chaleureusement. On commença à boire et manger. La cuisine était fine et les vins excellents. Le soleil tapait. Des oiseaux sautillaient en ombres chinoises sur la toile de tente. Au bout de la table, Merlin faisait ostensiblement la tête, buvant sans discontinuer. Ce n'était pas comme ça qu'il allait arranger ses affaires. Scarlett, elle aussi, boudait dans son coin. Lena lui avait refilé le bébé. Ça n'avait pas l'air de lui convenir. Quelle idée de s'habiller en noir comme pour un enterrement ! Et Noé n'aimait pas qu'elle se maquille de cette façon. Marianne devrait lui en parler, sans la brusquer. Quand ils s'y mettaient, Scarlett et Merlin avaient un caractère de cochon.

Achille prit la parole pour lui porter un toast. Noé frémit. Depuis leur sortie en mer, il appréhendait les saillies de son fils. Certains convives devaient se demander qui était cet homme de belle prestance et à l'accent américain, costume fluide et cigare onéreux. À ses côtés, Lena, les joues rosies par la chaleur, le vin et sans doute l'émotion, goûtait la moindre de ses paroles. Marianne trouvait leur fille trop ronde, mais elle était jolie, et cette robe framboise à bretelles la mettait en valeur. Dire que dans deux ans elle en aurait quarante. Elle avait gardé ses fossettes et ses manières d'enfant (elle parlait avec les mains, replaçait constamment ses cheveux derrière l'oreille). Aujourd'hui, elle avait l'air heureuse, à côté de son frère. C'était beau de les voir tous les deux. C'était beau de les avoir tous ensemble dans un même regard : sa femme, ses quatre enfants, ses six petits-enfants, sa sœur, sa nièce et son petit-neveu. Voilà ce qui restait de sa branche familiale, voilà ce qu'il laisserait.

Une brise fine souffla et retomba aussitôt. On rit, on courut après les serviettes en papier rouge et prune, et les chapeaux qui s'étaient envolés sur l'herbe.

Ce n'était pas vrai, pensa-t-il, ils n'étaient pas tous réunis, il manquait sa fille. Il manquait Violette. Il ne s'était pas passé un jour sans qu'il pense à elle. Il se leva pour dire un mot à l'assemblée. La tête lui tourna, il avait trop bu, il ne devait pas gâcher la fête avec ses souvenirs. Il se rassit.

Quand Merlin était né, ils avaient migré en proche banlieue. Une grande maison en meulière. Un jardin en terrasses. Un cabanon au fond du terrain devait lui faire office de bureau (il avait peu servi au final). Ça avait été une période heureuse. Une période bénie. Noé avait reçu un héritage confortable de son père. Après avoir espacé ses consultations, il avait fermé son cabinet et été un papa moderne. Violette avait tissé des liens privilégiés avec lui, et une relation fusionnelle avec Merlin, à tel point qu'on les prenait souvent pour des jumeaux. Il n'y avait plus beaucoup de place pour Marianne ni pour Lena, qui ne semblait même pas entrer dans le champ de vision de sa sœur.

À sa rentrée en maternelle, Violette, d'un tempérament calme, s'était cramponnée à sa chaise transformée en bouclier, montrant les dents à ceux qui l'approchaient. Au bout de deux semaines, Noé l'avait retirée de l'établissement, mettant ça sur le compte de l'institutrice, « une ravissante idiote ». Il s'était chargé de son éducation. Violette s'était révélée précoce, mais elle était perdue sans son frère, alors ils les avaient gardés tous les deux à la maison, même quand Merlin avait été en âge d'être scolarisé. Il s'en était fallu de peu pour que leur fille aînée ne prenne le même chemin. Lena avait catégoriquement refusé, elle adorait l'école. D'un naturel sociable, elle rencontrait de nouvelles amies partout où elle allait.

Au milieu de l'été 1979, voilà maintenant trente ans, ils avaient dû emmener Lena se faire opérer d'une péritonite aiguë. Noé était sûr de son diagnostic (du reste il ne s'était pas trompé, il n'aurait pas fallu attendre un jour de plus). Marianne ne conduisant pas la grosse berline familiale, il les avait déposées à l'hôpital de Saint-Malo. Avec des « si seulement », sa femme aurait pu réécrire l'histoire et éviter cette tragédie, et « si seulement elle avait su piloter leur énorme tank » venait en premier lieu. En tout et pour tout, Noé s'était absenté une heure et demie. Le barrage de la Rance était fermé au retour, il avait perdu du temps. Ils avaient confié les enfants à leur neveu Bertrand en vacances chez eux avec sa sœur cadette. Le jeune homme, alors âgé de dix-sept ans, n'avait rien trouvé de mieux que d'aller s'acheter des cigarettes, laissant les petits sous la surveillance d'Achille et Audrey. (Une décennie plus tard, Bertrand serait tué au cours d'une mission spéciale dans les Balkans, et Marianne ne verserait pas une larme.) En rentrant dans l'impasse, Noé avait découvert le camion des pompiers. Violette avait sombré dans le coma, ses poumons étaient endommagés et son pronostic vital engagé. Elle ne s'était pas réveillée après l'intervention. Elle n'avait pas souffert, mais ce n'était pas une consolation.

Noé leva les yeux rougis vers la villa qu'ils avaient baptisée *Les Myosotis*, vingt-cinq ans plus tôt, en sa mémoire.

– À toi, mon ange, murmura-t-il, avant de s'assoupir.

Le patriarche fut tiré de sa léthargie par la musique et Marianne qui lui donnait un coup de coude. Sous le grand chêne, Stella chantait et Charlotte l'accompagnait à la guitare. Noé se rappela qu'il avait rêvé d'elle la nuit passée. Sa fille avait bon goût, elles formaient un très beau couple. Elles reprirent Reggiani, Greco et finirent par du Bobby Lapointe. Stella possédait une voix rauque, une voix de fumeuse.

Le ciel leur était tombé dessus quand Stella s'était manifestée sans signe avant-coureur. Noé était médecin et il n'avait rien vu. Il arrivait que le phénomène d'aveuglement, de sidération, frappe non seulement la mère, mais aussi le proche entourage. Mais ils s'en étaient bien sortis. Dieu merci, Marianne avait tout de suite recouvré son instinct maternel. Stella était menue à la naissance, admirablement proportionnée, des cheveux noirs de geai et d'immenses yeux de hibou vert bouteille, qui s'étaient éclaircis avec les années.

Noé se leva. Le chemin lui parut long de la chaise au vieil arbre sous lequel il aimait jouer aux soldats de plomb lorsqu'il était enfant. Très ému, il étreignit les épaules de Stella pour la remercier. Une larme coula sur la joue de sa cadette. Il n'osa pas embrasser Charlotte.

Merlin

« On va réfléchir », voilà tout ce qu'ils avaient trouvé à lui dire. Il ne parvenait pas à se calmer, à cause d'eux il avait picolé et fumé tout le week-end. Stella se balançait dans le hamac taillé dans un filet de pêche, qui commençait à donner des signes de fatigue, il était percé, un jour il craquerait sous leur poids. Quant à lui, il s'était perché sur une branche maîtresse du pin parasol. Auparavant, ils s'étaient amusés à glisser la tête la première sur le toboggan en plastique rouge. Lena avait bu deux verres avec eux. Elle n'avait pas dit un mot, elle avait ri et écouté comme d'habitude. Ils avaient regardé ensemble le ciel s'embraser, devenir orange, rose et mauve.

– Grande sœur n'a pas l'air d'aller bien. Tu as remarqué ? demanda Merlin.

La veille, en cherchant dans la cave le jus de pommes fermier censé accompagner la tarte aux prunes de Marianne, il avait cru entendre quelqu'un sangloter au milieu des anciens meubles de la villa. (Leur mère ne supportait plus toutes ces vieilleries et comptait les vendre à la prochaine braderie du village, au grand dam de Noé.) Il avait fini par deviner, tapis dans l'ombre, Lena et son bébé grognant doucement au creux de ses bras. Merlin n'avait pas eu le courage d'aller la consoler, lui-même aspirait à se recroqueviller dans un recoin jusqu'à la fin du monde. Il aurait pu prendre la place de Théo. Il était tellement blessé par l'attitude de ses parents. Il n'avait pas pensé que cela serait si éprouvant. Il ne savait pas s'il aurait la force de revenir à la charge.

– On ne l'intéresse pas. Tu sais qu'elle ne m'appelle jamais ? De toute façon, sa famille, ce n'est pas nous.

Stella était un peu agressive et Merlin préféra changer de sujet.

– Tu as vu Achille et Audrey ?

Il faisait allusion à la scène qu'il avait surprise, son frère et sa cousine, arpentant la plage, main dans la main. Ça ne l'avait pas vraiment étonné, sans qu'il sache pourquoi.

– Non, quoi ? s'enquit Stella qui raffolait des potins.

– Pauvre Beth !

– Arrête !

– Je suis fidèle, moi, rétorqua Merlin.

– C'est facile quand on reste trois mois avec chaque fille.

– T'y mets pas !

– Je rigolais…

Ils se turent. La mer chuintait au loin. Merlin consulta son portable. Aissatou était injoignable. Il avait un mauvais pressentiment. Quand elle s'était engouffrée dans le taxi, il l'avait sentie distante. Il n'aurait pas dû lui dire de partir. Elle avait une bonne influence sur lui, en son absence il faisait n'importe quoi. Si elle le quittait, il serait malheureux et les petits lui manqueraient, il s'était attaché à eux. Mais ça n'avait rien à voir avec Scarlett. Comment avait-il pu être aveugle à ce point ?

Tandis qu'il regardait le ciel se remplir d'étoiles, une chouette brisa le silence.

– Tu te souviens de Violette ? dit alors Stella.

Merlin sauta de son perchoir et vint s'asseoir à ses côtés.

– Pourquoi tu me demandes ça tout à coup ?

– J'ai envie qu'on discute, répondit-elle. Je suis soûle. Elle était comment ? Je lui ressemblais tant que ça ?

Elle enchaînait cigarette sur cigarette et lui tournait le dos.

– Physiquement oui, mais ça s'arrête là. Toi, tu étais une vraie tornade. Elle planait à dix mille pieds… J'étais petit, je ne me souviens plus de tout, mais on s'entendait comme larrons en foire. Plus que ça, on était inséparables. J'ai perdu ma moitié, la meilleure.

La perte de Violette avait provoqué un trou gigantesque, qu'il tentait depuis de combler, en vain. Merlin chuchotait, il avait dessoulé. Stella fermait les yeux, elle était tout ouïe, il y avait sûrement longtemps qu'elle voulait entendre cette histoire.

– Elle est tombée de la fenêtre, de celle-là, dit-il en désignant le dernier étage.

– Celle-là ? répéta Stella d'une voix blanche. C'était ici ? Pas à Vincennes ?

– Non, ici. C'est arrivé dans le grenier, la pièce avec le bordel.

Stella fut secouée de longs sanglots.

– Elle voulait voler, voilà ce qui s'est passé. Notre sœur, c'était un oiseau. Une fée, un papillon, ça ne vit jamais très vieux, c'est trop beau, trop fragile. Alors, avec ses ailes de libellule, elle a cru cela possible. Maman te dirait qu'il s'agissait d'un accident. Mais moi, j'y étais. J'ai même cru qu'elle avait réussi, j'ai couru le dire à Achille. Il était avec Audrey, justement, dans le bureau de papa. Quand j'ai vu sa tête, j'ai compris que c'était grave. J'avais trois ans, mais ça, je m'en souviens. C'est gravé là-dedans à tout jamais, ajouta-t-il en se frappant le crâne de son poing fermé. Ils n'ont pas voulu que j'aille à l'enterrement. J'ai eu beau les supplier, je n'ai pas pu lui faire mes adieux. Il m'a fallu un temps fou pour y parvenir. J'étais en colère pendant toutes ces années, tellement en colère.

Stella murmura à son oreille :

– Pourquoi ils m'ont eue ? Je veux dire, si vite après ça ? Tu le sais, toi ?

Audrey

Audrey alluma une cigarette. La lune était pleine et les étoiles pullulaient. Elle perçut le bruit du ressac et d'un moteur au loin. Les murmures dans le jardin avaient cessé depuis un moment. Derrière elle, Achille semblait s'être assoupi. Avant cette nuit, cela faisait des années qu'elle n'avait pas embrassé, touché un homme, qu'un homme ne l'avait pas touchée, embrassée, cela faisait des années qu'elle n'avait pas joui. Elle se sentait belle, elle l'était encore. À quarante-cinq ans, elle n'était donc pas encore fichue.

Quand elle l'avait aperçu à l'autre bout de la table, son cœur s'était remis à battre. Adolescente, Achille avait été le premier à lui dire qu'elle était jolie, qu'il fallait qu'elle arrête de se cacher derrière ses lunettes et ses cheveux. Elle n'était pas revenue à la maison de vacances familiale, devenue celle de son oncle, avant aujourd'hui. Elle avait longtemps été traumatisée par l'accident, puis avait tout fait pour l'oublier. La mort brutale de Bertrand, treize ans plus tard, l'avait anéantie. Elle connaissait les risques qu'il encourait avec un tel métier, mais avait toujours pensé qu'une bonne étoile veillait sur lui. Elle s'était consolée dans les bras du meilleur ami de son frère, militaire comme lui, puis l'avait épousé. Ils n'avaient rien en commun, elle avait fini par demander le divorce. Elle le regrettait parfois. La solitude lui pesait terriblement depuis qu'Émeric avait choisi d'habiter chez son père.

Deux mois auparavant, Rachel et Émeric l'avaient attirée dans un guet-apens. (Audrey rendait souvent visite à sa mère à Saint-Raphaël – une bastide perchée sur l'Estérel. Elle se voyait vivre auprès d'elle, oui, c'est ainsi que ça allait se terminer au train où allait sa triste existence, c'est-à-dire au ralenti.) « Elle ne pouvait pas continuer comme ça, l'avaient-ils sermonnée d'une seule et même voix. Comment voulait-elle séduire un homme ? » Sous-entendu : « Regarde comme tu es mal fagotée ! » Ils l'avaient traînée chez un coiffeur visagiste, puis dans des boutiques. On avait ravivé ses cheveux blonds, lui avait prodigué des conseils de maquillage pour mettre en valeur ses yeux gris. Son fils s'était amusé ensuite à la relooker. Elle s'était laissé faire, elle n'avait rien à perdre.

Audrey avait emmené son fils à cette fête contre son gré. Il se fichait bien de son grand-oncle, il avait seulement accepté pour ne pas contrarier sa grand-mère. Pendant tout le banquet, il avait dévisagé cette fille qui n'avait pas sa langue dans sa poche. Scarlett le prenait de haut, et visiblement ça l'agaçait. Il avait beau l'asticoter, elle demeurait indifférente et ça ne semblait pas une posture. En un sens, c'était drôle à observer. Néanmoins, Audrey l'avait mis en garde, elle n'avait que treize ans. Son fils était beau gosse, il n'avait pas l'habitude qu'on lui résiste. Elle n'aimait pas ce qu'il était en passe de devenir : un play-boy brisant le cœur des filles à la chaîne. Mais que lui dire ? Il y a quelques semaines, elle lui avait parlé des MST, du HIV et de contraception, et il lui avait ri au nez.

Après le banquet organisé de main de maître par sa tante, toute l'assemblée était allée boire du champagne sur la plage. Pompette, Audrey avait pris son courage à deux mains et enfin abordé Achille. Il en avait paru heureux et l'avait complimentée sur sa tenue, son parfum, sa coiffure. Ils avaient marché dans l'eau, tandis que les autres regagnaient leurs pénates ou retournaient siroter un thé à la villa. Le ciel avait tourné. Achille avait galamment posé sa veste sur ses épaules nues. « J'ai voulu jouer les coquettes, avait-elle minaudé, et maintenant je vais tomber malade, c'est malin. » Elle avait tout de suite senti qu'il n'était plus le garçon complexé qu'elle avait connu. Elle lui avait attrapé la main et en retour il lui avait embrassé les doigts. Elle lui avait confié le désert affectif dans lequel elle vivait, il l'avait réconfortée.

Deux heures plus tôt, elle avait frappé à sa chambre, qui ressemblait à un réduit (un matelas posé à même le sol, une table de chevet, un valet de nuit). Il ne l'attendait plus, lui avait-il avoué. Ils s'étaient jetés l'un sur l'autre, comme s'ils voulaient rattraper le temps perdu. Elle n'avait jamais connu un tel amant. Elle avait voulu repartir comme elle était venue, mais il lui avait demandé de rester : « Ça fait trente ans que j'espère ce moment, je veux le faire durer encore un peu. »

À présent, Audrey suivait dans le ciel un point plus brillant que les autres, une étoile filante ou un avion. Ils ne devraient pas être ensemble. Qu'allait-il arriver cette fois-ci ? Audrey repensa à sa cousine, cette enfant chétive et mutique avec laquelle elle n'avait jamais réussi à communiquer. Sa mère et elle avaient toujours pensé qu'elle devait être autiste ou quelque chose comme ça, mais c'était Noé, le médecin…

– Qu'est-ce que tu fais à la fenêtre ? appela Achille. Tu vas attraper froid. Viens te mettre au chaud.

Aux aurores, elle filerait en douce reprendre le cours normal des choses. Il n'y avait pas d'urgence.

Scarlett

Scarlett était épouvantée. Elle avait entendu quelqu'un entrer dans sa chambre. Ce n'était pas mamé, elle reconnaissait son pas entre mille. Encore maintenant, sa grand-mère venait souvent remonter sa couette ou le chauffage, ou au contraire entrouvrir la fenêtre. Elle doutait que ce soit Merlin, il ne montait jamais au dernier étage. Une seconde, elle pensa à Simon et s'immobilisa, terrifiée. Non, se raisonna-t-elle, c'était sûrement Caramel qui s'agitait dans sa cage (elle le sortait parfois dans le jardin). Quand elle avait huit ans, la légende familiale voulait qu'elle ait marmonné dans son sommeil : « Il m'énerve ce gros lapin ! »

Pendant la fête, un garçon lui avait demandé qui était ce vieux qui n'arrêtait pas de la regarder, était-ce son mec ? Elle lui avait balancé une gifle. Juste après, elle avait aperçu Simon. Elle s'était sentie mal à l'aise. Elle ne lui avait jamais dit où elle habitait, elle était restée volontairement floue sur sa situation. Elle voulait pouvoir lui rendre visite quand bon lui semblait, quand elle tournait en rond, avait le bourdon. Mais, dans un si petit village, tout le monde se connaissait, comment avait-elle pu être si naïve ? Il connaissait son grand-père de longue date, ils jouaient quelquefois au golf ensemble. Il était donc plus vieux qu'elle ne pensait. Entre deux petits-fours, il lui avait attrapé le bras : « Ne dis rien, je t'en supplie ! » Il lui avait fait mal. Elle lui avait souri, mais s'était juré de ne jamais le revoir.

Elle n'aurait pas dû se réfugier chez lui la veille, que s'était-il imaginé ? Elle avait fugué quelques heures sans que personne le remarque. Elle était tellement remuée par toute cette fébrilité autour d'elle, comme si elle avait été un livre, depuis longtemps oublié chez quelqu'un, dont on venait de se rappeler l'existence. Simon avait réchauffé ses mains gelées. Et, comme elle était toujours frigorifiée, elle avait exigé un remontant. À contrecœur – elle avait dû insister –, il lui avait ouvert son bar. Scarlett avait détesté l'eau-de-vie et le cognac, mais apprécié les liqueurs de prune et de cerise. Elle avait vomi, il lui avait tenu la tête, puis essuyé le visage avec une serviette chaude parfumée à la fleur d'oranger. Avant de partir, il l'avait forcée à boire un citron chaud pressé. Ses gestes étaient trop doux, son regard embrumé par l'alcool.

Il n'y avait personne, seul le rideau bougeait. Sans doute son petit fantôme lui jouait-il un tour. Ou ces satanés triplés. Ils semblaient sortis d'un film d'horreur avec leurs visages inexpressifs, leurs regards fixes bleu acier et leur fichue manie de se momifier à chaque fois qu'elle les croisait.

De nouveau, Scarlett perçut une présence, ce n'était pas son lapin, ça s'approchait. Une odeur humaine parvint à ses narines, et elle réprima un cri d'effroi. On souleva son drap. Elle fut bien contente d'avoir choisi un pyjama. Il fallait pourtant qu'elle en ait le cœur net. Elle bondit sur l'inconnu. Ils roulèrent par terre dans l'obscurité, sans un bruit, juste leurs souffles mêlés. Le type demanda grâce en riant d'une voix juvénile. Elle reconnut Émeric. Elle lui immobilisa le bras (elle s'était essayée aux arts martiaux), il grimaça. L'adolescent se dégagea, mal en point, et reprit vite son air bête et méchant.

– Tu sais où est ma mère ? Avec ton oncle Achille. Je l'ai entendue crier, j'étais derrière la porte.

Elle lui serra la jugulaire.

– Qu'est-ce que tu veux que ça me foute ? Si tu continues, je vais l'appeler. Je suis sûre qu'elle sera contente d'apprendre que tu l'espionnes.

– Excuse-moi, je suis bourré.

– Il ne faut pas boire quand on ne tient pas l'alcool.

– Tu es mignonne. Dommage que tu sois si jeune. T'es sûre qu'il n'y a pas moyen ?

Elle ricana.

– Certaine ! Je les aime vieux, c'est toi-même qui me l'as dit. Maintenant dégage, va dessouler !

Elle le poussa, il s'écroula par terre. Quand il sortit, Baby-Blue en profita pour se faufiler dans la chambre. Scarlett bloqua sa porte avec son bureau et se recoucha en étreignant son chat, à l'étouffer.

LUNDI

Lena

Le soleil brûlait son dos gelé, le sable doré filait entre ses doigts. Lena s'y accrochait, s'accrochait à cette plage, même si le vent était tombé. À côté d'elle, des magazines, des journaux disposés en éventail. Elle avait passé une grande partie du week-end à lire des articles sur Michael Jackson. Jusqu'à l'écœurement. Charlotte et Stella s'occupaient des enfants, semblant y prendre un réel plaisir. Elles n'en voyaient que l'agrément, ne se rendaient pas compte.

Lena regarda la belle jeune femme qu'était devenue sa sœur. Elle éprouvait de l'admiration, et aussi un peu d'envie. Mais de quoi auraient-elles pu parler ? Elle craignait de passer pour une idiote, une mère de famille provinciale qui vivait dans le trou du cul du monde, ce qu'elle était désormais. Elle avait essayé pourtant, les mots avaient tourné dans sa bouche, mais elle avait eu beau chercher, elle n'avait rien trouvé d'intéressant à dire, à moins de lui confier que parfois elle voulait se foutre en l'air.

C'était elle qui avait changé, pas les autres. Elle se sentait à mille lieues d'eux. Enfant, elle l'était aussi en quelque sorte. Elle aurait aimé rester fille unique, son grand frère pas souvent là lui aurait suffi. Quand Violette était née, Marianne avait pris un congé parental et s'était séparée de la nourrice. Lena adorait Tatie et son chien Moïse. Elle en avait voulu à sa sœur, premier grief d'une longue liste. (Dix ans plus tard, Tatie était revenue pour garder Stella, mais elle avait vieilli et le chien avait été piqué.) À la naissance de Merlin, ils avaient déménagé à Vincennes. Lena les avait trouvés bien encombrants ces frère et sœur qui voulaient sans cesse jouer avec elle, chamboulaient sa vie, monopolisaient ses parents. Noé et Marianne n'avaient plus une minute pour elle, la forçant à grandir trop vite. Elle avait moins eu le loisir d'étudier sa musique (le piano et la clarinette), de s'entraîner à des chorégraphies devant la glace de la salle de bains (Achille lui avait rappelé qu'elle aimait danser sur *Beat It* et *Thriller*). Où était passée la petite fille qui n'hésitait pas à se mettre sur le devant de la scène ?

Stella balançait Théo en fredonnant *Il y a longtemps que je t'aime jamais je ne t'oublierai*, elle chantait bien décidément. Charlotte s'amusait aux petits cyclistes avec Zoé. Merlin leur avait construit un circuit avec des tunnels et des bosses avant de s'échapper une nouvelle fois. Il aurait fallu qu'elle lui parle. Elle se sentait vulnérable et surtout exténuée. Et elle devait rester debout ou, pour l'heure allongée, vissée au sable pour ne pas succomber à la tentation de retourner à la mer.

Le matin, elle était allée se baigner, seule. De l'autre côté cette fois, sous la pointe du Nick. Sa curiosité l'avait poussée au-delà des rochers refermant la baie, elle croyait se souvenir d'une autre plage nichée derrière. Lorsqu'elle s'était rendu compte qu'elle était prise dans les courants, elle avait essayé de lutter, en vain ; elle n'était pas vigoureuse et pas si bonne nageuse. À quoi bon se battre, avait-elle pensé, non, elle n'avait même pas pensé, sa pensée était comme annihilée. Elle avait commencé à dériver lentement, doucement. Ce n'était pas désagréable, et elle n'avait pas été effrayée. Elle avait même été soulagée dans un certain sens, elle laissait à la mer le soin de décider. Ça avait duré quelques minutes, instants de total abandon. Puis la navette de secours l'avait accostée. Le jeune CRS lui avait lancé une bouée avant de lui faire la leçon tandis qu'elle grelottait dans la couverture de survie dont il l'avait enveloppée. Il l'avait même peut-être traitée de folle, jamais elle n'avait éprouvé un tel sentiment d'humiliation. Il l'avait ramenée à la plage, discrètement, avait-elle supplié. Il avait accepté sa requête, même s'il paraissait fâché ; contrairement à elle, il semblait agité par cette histoire. Lena était revenue à la villa transie de froid et était restée couchée jusqu'à ce que Marianne la sorte du lit. Sa mère voulait passer l'aspirateur toutes affaires cessantes, comme si ça ne pouvait pas attendre qu'ils soient partis. Depuis, les souvenirs affleuraient, elle qui les avait maintenus à distance toutes ces années, ils s'échappaient par tous les pores de sa peau, elle devait avoir de la fièvre.

Comme la petite Lena de huit ans avait apprécié que ses parents l'accompagnent à l'hôpital. Pour un peu, elle en aurait oublié la douleur et l'angoisse de l'opération. Elle les avait de nouveau pour elle seule.

« Tu seras là à mon réveil ? Tu me le jures ? » avait-elle demandé à sa mère. Marianne n'avait pu tenir sa promesse (à ce moment-là, elle pleurait dans un autre service), et Lena s'était réveillée, terrorisée. Elle s'était sentie trahie, abandonnée. Par la suite elle avait reçu tout un tas de visites et de cadeaux, son hospitalisation s'était prolongée – sa cicatrice s'était infectée. Jamais elle n'aurait pensé voir autant de monde à son chevet. Ses parents avaient attendu qu'elle soit hors de danger pour lui annoncer le drame. Ils y étaient allés par paliers – l'accident, le coma, les différentes interventions, le décès. Ils avaient aussitôt emménagé dans leur nouvel appartement parisien (Marianne et Noé s'étaient empressés de vendre la maison de Vincennes). Les affaires de Violette s'étaient volatilisées, dont un certain nombre de jouets qu'elles partageaient (Dodie, la poupée géante gagnée à la fête foraine, Gori-Gori, le singe gris qui suçait son pouce, et des figurines folkloriques). Ils n'étaient pas retournés à Saint-Lunaire pendant plusieurs années.

Lena s'était crue responsable : elle avait éloigné ses parents de la villa, avait eu de mauvaises pensées. Contrairement à Merlin qui, malgré son jeune âge, s'entendait à merveille avec Violette, elle avait eu du mal avec sa sœur. Au bout de deux minutes Violette l'énervait, elle était soit trop rapide pour elle, soit trop lente ; elles ne parvenaient pas à s'accorder, et ça produisait souvent des fausses notes. Et leur père, béat d'admiration, qui n'en avait que pour elle, n'avait fait qu'attiser ce qu'il fallait bien appeler de la jalousie.

Le soleil allait et venait, Lena étendit le paréo sur sa poitrine. Son corps n'arrivait pas à se mettre à la bonne température. Charlotte et Stella discutaient, elles devaient penser qu'elle dormait. C'était sûrement l'impression qu'elle donnait alors qu'elle n'avait jamais été aussi éveillée, les sens aiguisés et la mémoire ravivée. Certains souvenirs étaient tranchants et limpides comme du verre, d'autres au contraire paraissaient polis, presque opaques, elle pouvait les caresser sans risquer de se couper. Elle perçut des bribes de leur conversation, c'était surtout sa sœur qui parlait.

– Elle est solide. Moi je suis liquide, et Merlin est un vrai courant d'air. C'est la plus forte d'entre nous en tout cas. Elle mène sa barque là où elle veut aller. Pour elle, être maman, ça a toujours été une évidence, comme une vocation…

– Tu veux dire, contrairement à toi ? répondit Charlotte d'une voix mordante qu'elle ne lui connaissait pas.

Lena mangea un peu de sable, les grains crissèrent sous ses dents. Elle ravala ses sanglots. Elle n'était pas forte, elle était en miettes, un vrai patchwork, comment tout ça pouvait-il encore tenir ensemble ? Elle était traversée de plaques tectoniques qui se chevauchaient, se repoussaient, créant des failles, des tremblements de terre.

Comment sa mère avait-elle pu avoir envie de faire l'amour malgré la détresse où elle était plongée ? Peut-être ne restait-il que ça, l'amour – et le sexe en était une manifestation – quand le chagrin était trop fort. Lena repensa à l'autre nuit avec

Vincent, elle en rougit presque. Quand elle s'était réveillée (pour une fois avant les enfants et de son propre chef), elle avait découvert Zoé à la place de son mari. Au petit déjeuner, Marianne avait raconté à la cantonade qu'elle avait déniché son gendre sur la banquette de la bibliothèque dans le plus simple appareil, son caleçon roulé à ses pieds. Tout le monde avait bien ri.

Quelques mois après la mort de sa sœur (une période de brouillard), Lena avait demandé à sa mère si elle attendait un bébé et Marianne l'avait envoyée promener. Mais elle en était si convaincue qu'elle avait troqué sa gourmette contre un pyjama de naissance (sa meilleure amie venait d'avoir un petit frère) qu'elle offrirait à sa mère lorsque celle-ci se rendrait à l'hôpital.

La venue au monde de Stella avait été un cadeau du ciel, les forçant à sortir prématurément du chagrin. Elle ressemblait terriblement à Violette. Lena avait comparé les photos, mais elle s'était tue. Elle avait immédiatement proposé de partager sa chambre avec le bébé. Merlin l'avait imitée. Il y avait eu tirage au sort, et c'était son frère qui l'avait emporté (elle n'avait jamais été certaine que les dés n'aient pas été pipés). Achille, pour sa part, lui avait signifié sa profonde désapprobation : « Encore un ! C'est une vraie lapine, ta mère. » Pour lui, c'était comme si aimer cette nouvelle sœur était trahir Violette, la nier. Il avait violemment rejeté la thèse de Lena selon laquelle elles n'étaient qu'une seule et même personne, sauf que cette fois le résultat était plus réussi. Cela avait constitué leur unique désaccord.

À cette époque, Lena était devenue très pieuse, elle avait souhaité recevoir le baptême, puis la communion. Marianne avait vu cette conversion d'un mauvais œil, elle venait d'une famille où l'on « bouffait du curé au petit déjeuner », lignée de résistants communistes et d'ardents défenseurs de l'école laïque. À la première confession de Lena, le prêtre n'en avait pas cru ses oreilles : elle remerciait Dieu qui lui donnait une deuxième chance, elle avait mal aimé Violette, elle adorerait Stella au centuple. Elle voulait se racheter et soulager sa mère qui n'était pas en état de donner plus que la vie. Quant à son père, il avait repris son travail, imprimant un tournant à sa carrière en acceptant la direction du service pédiatrique d'un grand hôpital parisien.

Lena sentit un poids sur son dos, quelque chose lui arracha les cheveux, la mordit, la piétina. Ce n'était pas de la méchanceté, juste de l'amour dévorant. Son mari la délivra. Le matin, Théo avait fait ses premiers pas. Il avait lâché la main de Lena pour se diriger vers Zoé. Vincent avait manqué ça. Il était parti à vélo avec Merlin : après l'avoir évité, il avait décidé de le prendre sous son aile, jouer le rôle de grand frère dont n'avait jamais voulu Achille (seule Lena trouvait grâce à ses yeux, et encore…).

Elle avait plein de bons souvenirs d'enfance auxquels son grand frère n'était pas étranger. L'un des meilleurs était sans doute lié au concours de châteaux de sable qui avait lieu chaque année à la mi-août pendant les grandes marées. En réalité, deux images se superposaient à cinq ans d'intervalle. Dans la seconde, Stella avait pris la place de Violette.

(Sans Violette, Stella n'aurait sûrement pas existé.) Lena se rappelait Stella donnant toute son énergie à parfaire l'édifice, mais quittant le navire à la première vague, criant : « Attention, la mer va nous avaler ! » Cinq ans plus tôt, Violette restait accrochée à la pelle plantée tel un drapeau sur le fort éphémère. Leur équipe l'avait emporté cette année-là et sa sœur avait été folle de chagrin de voir leur œuvre détruite par les flots. Elle n'avait pas anticipé l'inéluctable. Cela devait avoir eu lieu quelques jours avant sa mort.

Lena ressentit une grosse bouffée de tristesse pure et liquide, douce et chaude. Cela lui fit du bien de pleurer.

Très tôt, elle avait parlé de Violette à Stella. Dès qu'elle avait été en âge de le faire, elle l'avait régulièrement emmenée au cimetière du Père-Lachaise. (Stella avait trouvé cet endroit plutôt joli, déplorant juste l'absence de toboggan.) Puis sa crise de foi était passée, au grand soulagement de Marianne. C'était Stella qui avait rapproché Lena de Merlin, ils étaient tous les deux tournés vers leur petite sœur qu'ils surveillaient comme l'huile sur le feu. Mais l'été, la composition sur l'échiquier était changée avec la présence d'Achille. Les deux garçons se battaient pour être le fils préféré. Il n'y avait jamais de conflit ouvert, et c'était plutôt ridicule, ils avaient dix ans de différence. Stella prenait le parti de son « entier frère » comme elle disait et Lena de son grand frère qu'elle n'avait jamais considéré comme demi. Elle aurait rêvé d'aller le voir aux États-Unis, mais l'invitation ne lui était jamais parvenue, Susan ne voulant pas entendre parler de Marianne et de sa marmaille.

Les années passant, Lena avait dû se rendre à l'évidence : Violette et Stella n'avaient pas du tout le même caractère. La première avait été tout en délicatesse, tandis que la seconde mordait la vie à pleines dents, était une vraie pipelette, très communicative. Une enfant dans la norme.

Quand avaient-elles commencé à s'éloigner l'une de l'autre ? Beaucoup trop tôt à son goût. À six ans, Stella lui avait lancé à la figure : « Je ne suis pas ton bébé, et tu n'es pas ma mère. » Lena en avait quinze. Elle était retournée à sa musique, ses leçons, ses chorégraphies. Et puis elle avait eu fort à faire avec les garçons. Ses parents l'avaient pensée prude, elle avait juste été discrète. Elle aurait rêvé vivre avec un artiste, elle avait pourtant quitté le seul qu'elle ait connu. Ils avaient habité ensemble quelques mois. Malheureusement le jeune homme alternait les périodes d'enthousiasme excessif et de profond abattement, et elle ne s'était pas sentie de taille à jouer la béquille toute sa vie. Le quitter avait été un réel déchirement. Elle avait rencontré Vincent à la fac, il lui avait fait la cour toute une année sans succès. Il était toujours amoureux. Elle avait été sa première femme (sans doute éprouvait-il maintenant, elle pouvait le comprendre, le besoin de se rattraper). Elle avait fait un mariage de raison (son poète avait eu l'honneur de ne pas lui demander sa main). Avec Vincent, l'ennui la gagnait parfois. Au fil du temps, avec le travail, les responsabilités, il était devenu moins patient, moins gentil. Elle n'était pas bonne ménagère, et il avait développé une maniaquerie maladive. Malgré ses efforts, elle n'avait jamais réussi à être très ordonnée ; ça aussi, elle le tenait de sa mère.

À présent, l'eau remontait à toute allure. Les gens déplacèrent leurs affaires de quelques mètres. On avait retiré le toboggan du club Mickey, mais les enfants ne pouvaient s'empêcher de sauter de sa plate-forme. À côté, un abruti s'était installé sous l'échelle horizontale de barreaux, il n'avait visiblement pas compris que les enfants s'amusaient à passer de l'un à l'autre. À moins que ce ne fût un pervers. Lena finit par reconnaître le voisin qui jouait de temps à autre au golf avec son père, elle l'avait revu au banquet. Un vieux beau qui vivait de ses rentes, collectionneur d'art à ses heures. Elle ne l'avait jamais aimé. Quand elle était jeune fille, il lui avait proposé de l'emmener voir ses tableaux, et elle avait décliné l'invitation. Elle prit le carnet à croquis qu'elle avait acheté à la maison de la presse. La gérante l'avait reconnue, elle s'était extasiée sur la beauté de Zoé et le sourire de Théo. Lena avait emprunté une boîte de pastels dans l'atelier de Marianne. Enfant, elle n'aimait pas dessiner devant les autres, complexée vis-à-vis de sa mère dont c'était la profession et de sa petite sœur qui possédait un bon coup de crayon. Lena esquissa les trois scènes : les deux concours de châteaux de sable et celle se déroulant sous ses yeux, Zoé tentant de parcourir à la force de ses seuls bras l'échelle horizontale. L'arrière-plan était le même, l'anse entre les deux pointes, les falaises de chaque côté, les bateaux, les îles et les oiseaux. Elle dessina ce qui aurait pu être son tombeau. Elle regarda de nouveau sa fille, comment avait-elle pu arrêter de résister ? Il lui aurait fallu nager quelques brasses de plus, s'écorcher les mains et les pieds sur le petit îlot, retourner à l'eau dans l'étroit passage et regagner la plage par les rochers. Elle faisait une piètre mère.

– Lena, tu peux prendre le monstre, j'ai besoin de souffler.

– Bien sûr, mon chéri, excuse-moi, bafouilla-t-elle.

Vincent lui releva le menton et plongea son regard franc dans le sien.

– Mon amour, tu n'as pas besoin de t'excuser tout le temps. Ce n'était pas un reproche.

L'autre soir, elle avait vu son poète à la télé. Il avait pris de l'assurance. Il n'arrêtait pas de parler de sa compagne, de sa fille qui devait avoir l'âge de Zoé. Elle en avait été terriblement jalouse. En réalité, ce qu'elle cherchait dans les journaux, ce n'était pas tant les portraits du roi de la pop que les articles sur son poète maudit qui semblait avoir trouvé le bonheur, ou du moins une certaine forme de sérénité, loin d'elle. Dernièrement, elle avait pensé reprendre contact avec lui, ça ne devait pas être si compliqué via son éditeur ou son site internet, mais où cela la mènerait-elle ? Elle risquerait de briser ses dernières illusions, elle préférait rêver.

Lena prit Théo contre elle, son corps était chaud. Le bébé gigota comme un damné, elle le serra fort. L'enfant, contraint et forcé, finit par se calmer. Il avait tant de mal à glisser dans le sommeil, il luttait comme s'il craignait de ne pas se réveiller, ou peut-être était-ce elle qui le redoutait.

Quand Théo s'endormit contre elle, Lena ferma les yeux à son tour. La mer avait cessé de monter, elle pouvait lâcher prise.

Achille

Achille faisait la tournée des adieux. Il était content de quitter les lieux. Il avait appelé Audrey, ils se rejoindraient plus loin, sur la Côte de Granit rose.

Trente ans plus tôt, dans le bureau de Noé, ils étaient sur le point de s'embrasser, ils en avaient envie depuis longtemps. Seuls, sans adultes, sans grand cousin, c'était l'occasion ou jamais. Merlin les avait dérangés, avec son flegme habituel : « Violette s'envoler. » Achille s'était précipité dans la salle de jeux, désespérément vide, le coffre à jouets poussé sous la fenêtre ouverte. (Il avait remarqué que sa sœur était singulière sous ses airs de singe savant. Il avait interrogé son père, était-elle tout à fait normale ? Noé lui avait lancé un regard dur et l'adolescent n'était jamais revenu sur le sujet.) C'était Audrey qui avait découvert la fillette étendue sur la terrasse en ciment, son hurlement le glaçait encore. Les voisins avaient appelé les secours et recueilli les enfants. Dans les heures qui avaient suivi, sa tante était venue récupérer Audrey et Bertrand tandis que Merlin et lui avaient été envoyés chez des parents éloignés. Il n'avait jamais revu sa cousine.

Ce matin, Achille avait retrouvé ses enfants terrorisés. Dans la vieille église romane, ils avaient prié avec ferveur, leurs visages tendus vers le Christ cloué sur les vitraux. Qu'avaient-ils bien pu fabriquer pour avoir tant de choses à se faire pardonner ? Après le déjeuner, Rose avait fini par lui avouer que c'était une histoire de fantôme. Cette tarée de Scarlett leur avait flanqué la frousse. En tout cas, ils ne voulaient plus dormir dans cette maudite maison.

À la paillote, Achille fit le plein de bonbons, il aimait par-dessus tout ceux qui piquaient la langue, leur acidité sucrée. Il lui restait à saluer sa sœur. Il avait souvent été embarrassé par son amour trop grand, il lui semblait disproportionné ; du moins n'avait-il rien fait pour le mériter.

Lena dormait sur le ventre. Il lui frôla les omoplates, sa peau était chaude et dorée. Il se retint de mordre son épaule ronde.

– Lena, Lena, réveille-toi. Je m'en vais.

– Tu pars déjà ?

Elle paraissait affolée. Elle frotta ses yeux gonflés de sommeil. Elle avait cinq ans. Il aurait voulu revenir en arrière et tout recommencer. Si Violette n'était pas morte, si Marianne l'avait aimé, il aurait pu être heureux.

– Oui, nous avons tout un programme touristique breton avec les gamins. Si je veux honorer mes engagements, il faut qu'on y aille maintenant.

– Je te raccompagne.

Elle enfila sa robe par-dessus son maillot de bain, confia les enfants à Vincent.

Ils se dirigèrent vers la villa par les ruelles. Des dessins au pochoir étaient apparus durant la nuit, représentant des couples enlacés grandeur nature. L'un d'eux s'étalait sur la façade d'une maison en bois délabrée. La jupe jaune citron de la femme était relevée de manière suggestive. Achille en avait aperçu un autre sur une cabine de plage. Sans doute y en avait-il ailleurs, ils auraient pu organiser un jeu de piste.

– On n'a pas eu le temps de se parler, regretta Lena. Pour une fois qu'on se voit, c'est vraiment idiot.

Elle était si pâle tout à coup, la voix éteinte, toute sa joie, sa vitalité semblaient s'être dissoutes, comme si elle s'était vidée de son sang, saignée à blanc.

– Ça passe toujours vite ce genre de week-end, répondit-il.

– Tu es heureux ? Ta vie te plaît ?

– Je vais me séparer de Beth.

Il avait sorti ça comme s'il se séparait d'un animal de compagnie devenu incommodant.

– Tu as quelqu'un d'autre ?

– Rien de très sérieux.

Une seconde, Lena eut l'air déçue.

– Vincent a une maîtresse aussi, enfin je crois.

– Ce n'est pas le genre.

– Je me fais peut-être mon cinéma. Je suis plutôt paranoïaque en ce moment. (Elle s'arrêta de marcher.) Tu nous aimais quand tu étais enfant ? Ne réponds surtout pas, c'est bête comme question… Maman était dure avec toi, ça ne devait pas être facile pour toi.

– Je serai toujours un étranger. Le vilain petit canard de la famille, tenu à l'écart.

– Ne dis pas ça !

– Je n'ai jamais mis les pieds ni à Vincennes, ni à Paris.

Lena se mordit la lèvre et enfouit la tête dans son cou. Elle savait qu'il avait raison. Marianne l'avait considéré comme un adversaire alors qu'il n'était qu'un petit garçon. Oui, tant de fois il avait rêvé que sa mère périsse pour pouvoir vivre avec Noé. Lena lui avait raconté les soirées jeux de cartes, les dîners tard dans la nuit, les anniversaires grouillant d'enfants. Leur vie n'était pas réglée au millimètre près, il y avait de la place pour l'inattendu, le mouvement, la vie. On s'invectivait parfois, les portes pouvaient claquer et les assiettes voler, mais jamais on ne se frappait.

Achille lui prit le visage entre les mains, la regardant droit dans les yeux.

– Si tu n'étais pas ma sœur, je te roulerais une pelle sur-le-champ.

Lena rougit. La vie était revenue sur ses joues.

– Retourne sur la plage, ma belle. Je n'ai jamais aimé les adieux. Je vais voir papa. Je ne lui ai pas encore dit que je partais…

Ce matin, son père avait l'air terriblement fatigué, il ressemblait à un vieillard, Merlin allait l'user jusqu'à la corde avec ses conneries.

– Il va être déçu. Tu es son fils préféré.

Il lui embrassa le front, et elle s'éloigna dans sa robe de bain rouge, décolletée dans le dos.

Rose l'attendait sur le perron, elle entrelaçait des fils de scoubidous en chantonnant. Les cheveux lâchés lui allaient bien.

Beth avait essayé de le joindre plusieurs fois sur son Blackberry, et Marianne lui avait signalé plusieurs appels manqués en provenance de l'étranger. Il n'avait pas consulté ses mails depuis son arrivée. Il allait expliquer à ses enfants son plan de bataille pour quitter leur mère, les prendre avec lui, et surtout il allait leur dire qu'il les aimait.

Quand ils se tinrent tous les trois devant lui, le teint hâlé par ces quelques jours de mer, les garçons lui notifièrent d'un ton solennel, dont ils n'étaient pas coutumiers, qu'ils avaient quelque chose à lui montrer – une vidéo de la plus haute importance. Achille lança un regard interrogatif à sa fille, restée étonnamment muette. Elle sourit.

– Je t'aime, papa, fit-elle avec son accent adorable.

Noé

Après le départ d'Achille, Noé s'isola dans son bureau. Il fit semblant de travailler. Il brassa du vent, des papiers, fouilla dans ses bouquins. En vérité, il n'avait plus envie de penser, de réfléchir. Il regrettait qu'on ait convié tous ces gens qui le dérangeaient constamment. Il aspirait à ce que tout redevienne comme d'habitude. Comme d'habitude, c'était bien. Être tranquille, profiter de sa femme, de sa petite-fille. Faire l'amour, il bandait encore. Naviguer, pêcher et revenir bredouille. Griller le poisson acheté au marché, rôtir des tourteaux. Jardiner. Les livres lui tombaient des mains, le journal l'ennuyait, le monde l'emmerdait. Il ne souhaitait plus en entendre parler, il désirait qu'il le laisse en paix.

Il se reprochait tellement d'être passé à côté de sa fille. Le thérapeute qui l'avait suivi pendant des années avait eu beau lui assurer qu'il n'y était pour rien, il se sentait seul responsable. Un jour, Merlin l'avait interrogé, il était si jeune : « Tu crois qu'elle est allée jusqu'où ? Le soleil, ça brûle, ça m'inquiète. » Violette était une fillette très intelligente, mais elle n'avait pas le sens des réalités. Elle ne s'habillait pas toute seule, mangeait comme un oiseau, se nourrissait d'eau fraîche. Pensait pouvoir voler. Il s'était trompé de diagnostic.

Noé préleva une feuille de son bloc de papier à en-tête et sortit son stylo fétiche en (fausse ?) peau de lézard. Il n'avait pas su protéger ses enfants. Il aurait voulu revenir à l'instant où ils ne lui avaient pas encore échappé. Malgré ses efforts, il ne comprenait pas toujours les adultes qu'ils étaient devenus.

Le cas de Merlin était de loin le plus désespéré. Quand allait-il enfin devenir un homme ? Comment se débrouillerait-il lorsqu'ils ne seraient plus là, eux qui le portaient à bout de bras depuis des années ? Cela le préoccupait, le rongeait. Sans doute avaient-ils commis une grave erreur en décidant d'élever Scarlett, mais *ce qui était fait était fait*, ils ne pouvaient plus revenir en arrière, il leur fallait désormais agir en conséquence.

Noé ressentait un immense gâchis en pensant à Merlin, mais aussi, dans une moindre mesure, en pensant à Lena. Cela l'attristait, pire le mettait en rogne, qu'elle n'ait pas l'idée de baisser la garde et de s'avouer vaincue (par la vie, la dépression, qu'importe) et de demander l'asile. Il n'avait jamais aimé ce connard de Vincent. Pourquoi avait-elle abandonné ce garçon talentueux dont le dernier livre avait remporté un prix littéraire ? Noé suivait son parcours et il avait déploré qu'elle l'ait quitté – les discussions avec lui étaient autrement intéressantes. Il l'aurait fait voyager ; l'aurait poussée à se dépasser. Son gendre, lui, l'avait invitée à arrêter son travail ; il lui avait coupé les ailes et mis fin à son indépendance, la cantonnant à la maison et à des tâches subalternes. Elle n'aurait pas dû se laisser enchaîner ainsi. Noé avait eu de grands projets pour elle, peut-être n'avait-il pas su lui en faire part. Mais elle avait voulu se marier vite (il lui avait conseillé de ne pas se presser, il se méfiait des engouements de jeunesse) et avoir des enfants (Zoé et Théo étaient mignons, mais épuisants).

Noé coucha sa tête sur la feuille, y frotta sa joue jusqu'à en être irrité. Quand il était jeune, il lui arrivait de crier seul dans la forêt. Oui, c'était cela qu'il faudrait faire, laisser mugir l'animal qui se logeait sous sa carcasse policée.

Il avait éprouvé dans sa chair les lourds reproches de son fils aîné. Loin de la terre ferme, Achille avait crevé plusieurs abcès sans qu'il ait le temps de reprendre son souffle. Le reste du séjour l'avait vu apaisé et Noé ne comprenait pas qu'il l'ait écourté (et l'énervement qui le tenaillait n'était pas étranger à ce départ). Quoi qu'il en soit, il ressentait une dette vis-à-vis de lui, cette vie suffirait-elle à l'honorer ? Et Marianne qui se crispait dès qu'Achille était dans les parages. Quand il était tout petit, il en était déjà ainsi. Le drame n'avait pas arrangé les choses. Il n'avait que treize ans, l'âge de Scarlett. Il n'y était pour rien.

Stella était un grand motif de satisfaction. Mais Noé voulait que cette sirène à ses côtés, qui n'arrêtait pas de le narguer avec ses beaux seins et ses airs de sainte-nitouche, alors qu'elle léchait sa fille, dégage le plancher. Il devait se calmer, où avait-il mis ses pilules ? Après les avoir avalées, il alla à la fenêtre respirer un grand coup. Il ne se lassait pas de cette vue, seules trois villas le séparaient de la mer. Sa benjamine était un joyau brut, sans fioritures. Elle avait toujours su ce qu'elle voulait, agissant à sa guise, une qualité à son sens, dans la mesure où elle n'avait nui à personne. Elle ne lui donnerait sans doute pas de petit-enfant. Ce n'était pas grave, il en avait déjà six, sans compter ceux de l'amie de Merlin si elle tenait le choc. Il lui faudrait alors leur faire une place dans son cœur.

Il reprit son stylo et commença : « Lena chérie. Je sais que c'est idiot de t'écrire alors que nous sommes à côté l'un de l'autre, mais il y a tant de monde et tu n'es jamais seule. Quand tu étais petite, je t'appelais Babouchka, t'en souviens-tu ? J'étais si heureux que Marianne me donne une fille, et quelle fille avec ton regard si vif, si doux, ta chevelure dorée, ton imagination débordante et ta joie de vivre ! » Il s'arrêta, il ne devait pas se tromper. « Où sont passés tes rires, Babouchka ? Je me fais du souci pour toi… »

Stella

Après avoir bouclé son sac, Stella monta au deuxième étage. Elle se tint derrière la porte du grenier, mais n'eut pas le courage de l'ouvrir. Elle posa ses lèvres contre le bois gondolé et chuchota une sorte d'incantation. Il n'y eut pas de réponse. Elle aurait dû mettre un tee-shirt à manches longues, au lieu de ce marcel qu'elle avait chipé à Merlin, il faisait frais sous les toits.

Elle pénétra dans l'atelier de Marianne, une soupente tout en longueur. Le parquet brut était taché (peinture, humidité, colle) et éraflé (comme si quelqu'un s'était amusé à le taillader). Sur les murs, des dessins d'enfants (les leurs, ceux de Scarlett et Zoé, d'anciens élèves) masquaient partiellement l'ancienne tapisserie représentant des scènes de chasse. Sa mère avait fait percer toute une série de vasistas et installer un lavabo, qu'elle avait choisi noir et mat. Des toiles étaient retournées contre les cloisons, d'autres accrochées, d'autres en cours juchées sur des chevalets. Marianne ne montrait jamais son travail. Elle aimait étaler les matières, les couleurs, superposer des couches de papiers, incruster ou accrocher de menus objets – bouts de scotch, fleurs fanées, négatifs photo, collants filés. Stella affectionnait particulièrement la série de tableaux avec le V gravé au couteau et numérotée de 1 à 50. Qui se donnait la peine de voir dans ces inscriptions illisibles les traces du chagrin intact de sa mère ?

À chacune de ses visites, Stella découvrait les dernières peintures et laissait ses impressions sur une feuille qu'elle roulait ensuite et coinçait entre deux bidons. Parfois elle piquait un châssis. Elle y tendait une toile et à son tour déversait les tumultes de son cerveau. Puis elle l'abandonnait en guise de cadeau. Aujourd'hui elle n'avait ni le temps, ni la tête à ça, de toute façon ses mains tremblaient.

Un texto apparut sur son mobile irisé : « Il y a la queue à la pharmacie, je suis là dans cinq minutes. » La veille au soir, leur discussion avait dégénéré. Charlotte en était venue à douter de sa volonté de s'engager. Elle-même lui avait reproché le flou artistique de la situation. Elle avait appris que Gaël voulait reconnaître l'enfant, il n'avait jamais été question d'un truc pareil. Stella ne savait plus quoi penser, et sa compagne était loin d'être rassurante. Elles étaient sorties à vif de cette conversation. Charlotte lui avait tourné le dos toute la nuit et, lorsque Stella s'était réveillée en sursaut après un cauchemar effroyable, son amoureuse l'avait repoussée en grognant.

Il lui fallait se dépêcher, elle envoya des baisers un peu partout du bout des doigts, qui se propagèrent dans l'atelier, l'un d'eux se posa dans son cou et lui tint chaud.

Elle frappa à la porte du bureau, un endroit dont l'accès leur était interdit lorsqu'ils étaient enfants.

– Oui, entrez.

Le ton était professionnel, et elle eut l'impression d'importuner. Elle entra, soudain intimidée.

– On va y aller. Charlotte doit absolument être à Paris demain matin pour un rendez-vous médical. Tu pourrais nous emmener à la gare ?

La pièce était entièrement lambrissée. Son père y avait accroché de vieux portraits de famille sépia dans des cadres cuivrés. Stella y reconnut sa grand-mère Blanche qu'elle n'avait vue qu'en photo. Un miroir en bronze en forme de hublot reflétait la mer.

– Qu'est-ce que vous avez tous à partir ? bougonna Noé. Vois ça plutôt avec Vincent, il adore conduire. J'ai un truc à terminer, l'avisa-t-il en désignant un papier sur la table.

– Je ne vais pas te déranger bien longtemps, ne t'inquiète pas… Je voulais savoir, vous allez faire comment pour Scarlett ?

– Les nouvelles vont vite à ce que je vois… Ton frère s'y est pris comme un manche, soupira-t-il.

Dans le bureau de Noé, contrairement à l'atelier, tout était méticuleusement ordonné. Néanmoins la manière dont son père lissait sa feuille – une lettre ? – laissait transparaître un grand désordre intérieur.

– Ce n'est pas évident pour lui, avança Stella. Il faut le comprendre.

– J'essaie, crois-moi. Mais ça n'est pas de mon ressort, je ne suis pas le chef. Ça dépend de Scarlett.

– Tu sais bien que ce n'est pas tout à fait vrai.

– Jeune fille, ce ne sont pas tes oignons !

– Achille ne m'a même pas dit au revoir, répliqua-t-elle en guise de reproche.

Noé secoua les épaules.

– Ça a toujours été un mystère pour moi, mais vous avez toujours été distants l'un de l'autre. Il n'y a aucune raison. Vous avez beaucoup de choses en commun. Vous êtes très intelligents tous les deux, brillants dans vos domaines respectifs… Et aussi incroyablement indépendants et… têtus.

Stella s'attarda sur les étagères de son père, rien n'y était à son goût. Essais de philosophie ou de théologie, littérature et poésie classiques, traités et manuels de médecine, partitions de piano et disques d'opéra, thèses de ses protégés publiées ou non (vers cinquante-cinq ans, Noé avait totalement abandonné la pratique pour enseigner à la faculté). Stella aimait mieux les romans contemporains et si possibles étrangers, avec une nette préférence pour les auteurs américains. Elle tomba sur une très vieille édition illustrée des œuvres complètes du marquis de Sade.

– Achille va quitter sa femme, tu étais au courant ? lui apprit Noé.

– Comment veux-tu ? répondit Stella en haussant les épaules. Mais tant mieux.

– C'est une bonne chose en effet. Elle lui pourrissait la vie, c'est une mégère, une mal baisée, pardonne-moi l'expression.

– À qui la faute ? ne put s'empêcher de répliquer Stella, c'était trop tentant.

Ils rirent tous les deux, gênés, conscients d'être allés trop loin.

Stella s'approcha de la fenêtre. Elle aperçut Vincent, Lena et Zoé qui jouaient à 1,2,3 soleil. Marianne, non loin de là, désherbait son carré de potager.

– Papa, est-ce que vous vouliez un autre enfant ?

Noé porta sa main à la poitrine comme s'il avait reçu un coup au cœur.

– Ta mère voulait une tribu. Nous t'avons appelée Stella, continua-t-il emphatique, parce que tu es notre étoile. Tu nous as montré le chemin de la vie, nous avions dévié de notre trajectoire avec…

– La mort de Violette, compléta-t-elle.

Rien de fâcheux ne se produisit. La foudre n'avait pas frappé, ni les vagues, submergé la maison. La boule d'angoisse dans sa poitrine dégonfla légèrement, cet oxygène supplémentaire l'étourdit.

Noé semblait chercher ses mots pour qu'ils sonnent le plus juste possible. Il parlait encore plus lentement que d'habitude.

– Stella, tu as été un don du ciel, inespéré. Tu nous a remis en orbite. Sans toi, ta mère n'aurait pas survécu à son chagrin. Elle n'est pas si forte qu'elle veut le faire croire, et à l'époque, elle ne l'était pas du tout. Il y avait un tel instinct de vie chez toi, une telle volonté, une ténacité que je n'avais jamais vue.

– Merci. Je pense beaucoup à Violette ces temps-ci. Je suis la seule à ne pas l'avoir connue. C'est dur. J'ai parfois l'impression qu'il y a eu un avant et un après. Une sorte de bonheur primitif que je n'ai pas partagé.

– Tu te trompes.

Elle se blottit dans ses bras. Il l'étreignit soudain, elle ne pensait pas qu'il eut encore tant de vigueur. Ce bébé était-il un don du ciel ? Certainement. Charlotte et elle en sortiraient probablement grandies.

Elle embrassa son père sur le front.

– Fais attention à toi.

– Tu salueras Charlotte de ma part, je suis trop éreinté pour descendre.

Stella referma la porte. Chaque fois, elle redoutait de quitter ses parents pour la dernière fois. Ça n'avait rien à voir avec l'âge, ça avait toujours été comme ça. Elle allait partir, et elle n'aurait rien dit. Elle n'y serait pas parvenue, ni avec sa mère, ni avec son père, et elle ne comprenait pas pourquoi. Elle n'était pas sûre de vouloir grandir.

MARDI

Merlin

Ils étaient tous partis se balader. Merlin avait fait la grasse matinée, il avait mal dormi. Il prit son courage à deux mains, ouvrit la porte qui menait au dernier étage. Pourquoi ses parents l'avaient-ils laissée s'établir là-haut ? Il ne leur en avait pas parlé, comme il n'avait jamais osé intervenir dans tout ce qui concernait « son éducation », pour reprendre leurs mots. Les rares fois où il avait tenté de donner son point de vue, ils l'avaient gentiment rabroué. Sous-entendu, qu'est-ce qu'il y connaissait ? Eux avaient élevé cinq enfants (dans ces cas-là sa mère comptait Achille).

Il frappa, attendit, puis toqua de nouveau avant d'entrer. Les murs étaient orange et fuchsia, peints à l'éponge. La chambre lui sembla trop bien rangée pour une fille de cet âge. Seulement deux affiches au mur : une de Marilyn en noir et blanc, et une autre de Vivien Leigh dans sa robe verbe. Un rideau de perles translucides derrière la porte. Une guirlande d'étoiles scintillantes le long de l'halogène. Au sol, un tapis marocain orange avec des motifs géométriques. (Scarlett lui avait envoyé une carte de leur voyage à

Marrakech de son écriture maladroite, elle devait avoir sept ans.) Merlin s'approcha du grand miroir baroque et blanc. La glace portait des traces de lèvres. Une note de restaurant pour deux personnes. « Ormeaux à la plancha, croustillant de homard et brioche façon pain perdu. » Un vrai festin, il faudrait se renseigner. Une photo de Sun et de Merlin, qui devait dater de leurs dix-huit ans. Il n'avait pas revu depuis longtemps ce beau visage pas encore ravagé. Cette Sun-là était le soleil sans lequel il avait dépéri. Encore aujourd'hui, il ne pouvait penser à elle sans souffrir.

Il l'avait rencontrée dans un square parisien (où exactement ? il ne s'en souvenait plus), Sun tentait vainement de secourir une mésange amochée. Merlin s'était proposé de lui prêter main-forte, et elle avait accepté de bon cœur, personne d'autre ne paraissant disposé à l'aider. Il l'avait accompagnée chez le vétérinaire le plus proche. Ce dernier les avait reçus, en pure perte. La jeune fille avait pleuré à chaudes larmes. Elle était jolie, Merlin l'avait consolée. Ses parents étaient le plus souvent en Corée du Sud pour le travail de son père. Ils lui avaient laissé une carte de crédit et un immense appartement donnant sur Saint-Sulpice. Sun y accueillait toute une faune désœuvrée. Beaucoup de substances plus ou moins illicites, nocives assurément, y transitaient. Merlin était tombé éperdument amoureux d'elle. Il avait quinze ans et était novice en la matière. Sun avait arrêté le lycée et il n'avait pas tardé à suivre son exemple. De toute façon, il était malheureux à l'école, il y étouffait, ne tenait pas en place.

Un jour, les parents de Sun avaient surgi sans crier gare. En vérité, la lettre prévenant de leur arrivée était restée dans la boîte avec le reste du courrier. Ils avaient mis tout le monde à la porte, à commencer par leur fille. Sun et sa bande avaient rejoint un squat dans le XIXe arrondissement. Au cours de ses nuits de défonce, Merlin pouvait s'approcher de Violette, elle apparaissait au milieu des vapeurs d'alcool et des volutes de fumées, dans le liquide toxique qui coulait dans ses veines. Le reste du temps, il sombrait dans le vide, et il avait si froid, il se sentait si seul. Il aurait voulu continuer son chemin avec Sun, quitte à se cramer les ailes et la cervelle. La jeune fille en avait décidé autrement et le monde s'était écroulé. Marianne et Noé avaient installé leur fils dans la chambre de bonne au-dessus de leur appartement pour garder un œil sur lui. Ils l'avaient traîné chez des médecins, emmené à la mer, à la montagne, « le grand air lui fera du bien », comme s'il était un grand malade.

Le couvre-lit de Scarlett était indien (rose vif, incrusté de bouts de plastique vitrifié où son visage de zombi se mirait). Dessus, d'énormes peluches – une panthère noire, un ours blanc – qui avaient dû coûter une fortune. La cage bougea toute seule, Merlin sursauta avant d'apercevoir la boule de poils couleur crème brûlée enfouie sous la paille. Les voilages jaune d'or volèrent au vent.

Il commençait à aller un peu mieux quand Sun était réapparue avec la gamine, tel un magicien sortant un lapin de son chapeau. Il ne l'avait pas tout de suite reconnue. On aurait dit une vieille femme. Les yeux fiévreux, elle lui avait fait part de son projet : retourner dans son pays qu'elle n'avait vu qu'en carte postale. Sa fille l'encombrait plus qu'autre chose. Merlin avait éprouvé une forme de dégoût. Il n'avait pas compris comment Sun avait pu mettre leur enfant au monde sans lui. Il s'était senti dépossédé. Tout avait été faussé dès le départ, difficile de rattraper les choses après ça.

Merlin n'était pas prêt à devenir père. Mais Sun était camée au dernier degré et l'enfant en mauvais état. « Pourquoi ce prénom ? » voulut-il savoir avant qu'elle ne disparaisse. « Quand j'étais petite, ma nourrice adorait ce film. Et j'ai bien choisi, regarde comme elle est belle, on dirait une star de cinéma ! » avait-elle répondu. Ce n'était pas ce qui lui serait venu à l'esprit. À trois ans, Scarlett était squelettique, avec un ventre bombé. Ses yeux bridés verts lui mangeaient le visage. Ses cheveux très fins formaient des paquets que Marianne avait mis des jours à démêler.

Sur le bureau, un pot à crayons en bambou, un autre en terre cuite confectionné à la maternelle, contenant une foule de stylos, de gommes fantaisie, de cartouches d'encres multicolores. Une boîte d'ombres à paupières, des crayons khôl. Il n'avait pas remarqué qu'elle se maquillait.

Dix années s'étaient écoulées. Qu'est-ce qu'il avait bien pu foutre tout ce temps ? Merlin ne savait plus trop bien. Il s'était retourné vers ses parents. Empêtré de lui-même, il avait estimé que leur confier l'éducation de Scarlett constituait la solution la moins pire. Au bout de quelques mois, la cohabitation n'avait plus été tenable, ses parents ne supportant plus qu'il reste sans rien faire. Il était alors allé à droite, à gauche, avait un peu travaillé sur des chantiers, puis dans des usines, la nuit, parce que ça payait plus. Il avait pensé être présent pour sa fille à sa manière, lui rapportant à chacun de ses passages des bricoles, espérant la faire rêver avec trois bouts de chandelle : des plumes, des pétales, un trèfle à quatre feuilles, la mue d'un serpent. Il avait toujours eu l'âme d'un vagabond. Il l'avait été quelques semaines, vivotant au milieu des bois dans une cabane construite de ses propres mains. Il y avait été heureux. Quelqu'un y avait mis le feu, piétinant son rêve.

Régulièrement, il revenait au bercail jouer avec Scarlett, se faire dorloter par sa mère, gentiment gronder par son père. Stella se moquait de lui, l'appelait « mon clochard préféré ». On ne le considérait pas comme le mouton noir de la famille, mais comme un éternel convalescent. Seul Achille le méprisait ouvertement. Ils étaient aux antipodes l'un de l'autre, parcourant l'échelle sociale en sens inverse.

Une fois, Lena lui avait parlé de Scarlett, il s'en souvenait maintenant. Elle l'avait invité dans un restaurant chic, un italien. Il n'avait pas vu l'intérêt de payer si cher pour des spaghettis fussent-ils à l'encre de seiche. Lena n'arrivait pas à avoir d'enfant à l'époque, et ça la minait. Rien d'autre ne semblait l'intéresser, ça tournait à l'obsession. « Tu es encore jeune, lui avait-il dit. Profite, éclate-toi ! » Piquée au vif, elle lui avait rappelé qu'il était père, qu'il le veuille ou non, un jour il s'en mordrait les doigts et ce serait trop tard. Ce n'était pas la fille de leurs parents, mais la sienne, tout le monde avait tendance à l'oublier. Ces mots l'avaient déstabilisé et il avait bredouillé qu'il verrait lorsqu'il aurait décroché un vrai travail. « Un boulot fixe, ton propre toit, il serait temps, avait renchéri sa sœur sans sourire. Merlin, les années filent et tu fais du surplace. » « Je m'enfonce, tu veux dire », avait-il raillé.

Merlin l'avait écoutée d'une certaine manière. D'autant que ses parents avaient menacé de lui couper totalement les vivres s'il n'y mettait pas du sien. Il avait travaillé près de six mois comme facteur : un matin, sous le coup d'une énième rupture, il avait abandonné sa tournée dans les buissons du parc Montsouris. Il n'avait pas été poursuivi, il s'en était fallu de peu, Lena avait fait jouer ses relations. Il avait passé deux semaines dans une clinique psychiatrique. Marianne et Noé n'en avaient rien su. Une fois encore, il s'était évanoui dans la nature, décidément on ne pouvait pas compter sur lui.

Puis il était tombé sur une annonce providentielle. Il avait prodigué des cours de français à des immigrés majoritairement sans papiers. C'était là qu'il ferait la connaissance d'Aissatou, apeurée et mal en point, avant de la perdre de vue. À la fin de son contrat, il s'était engagé auprès du SAMU social. Toutes les nuits d'hiver, Merlin participait à la maraude en camion pour proposer un abri aux malheureux. La tâche était ardue, ils essuyaient beaucoup de refus. Ses collègues avaient du mal à comprendre pourquoi, Merlin, non. Il aurait pu être l'un d'eux si sa famille n'avait pas été derrière lui, malgré lui, coûte que coûte. À la longue, il avait sympathisé avec le directeur d'un centre d'hébergement qui l'avait chargé de l'accueil : donner des serviettes et des draps propres, tenir le registre des entrées et des sorties, éviter les débordements. Plus d'une fois, il avait attrapé des poux et même la gale. Monté en grade, il se consacrait désormais à la réinsertion de jeunes hommes ayant rompu les amarres avec leur famille.

Pendant ce temps, Scarlett avait grandi. Elle avait commencé à dédaigner tout ce qu'elle aimait avant : les tours de manège, les jeux de société, les structures gonflables. Elle le boudait, continuellement fourrée dans les jupes de Marianne. Il s'impatientait et ils se quittaient souvent fâchés. « Vous vous êtes encore disputés ? » plaisantait sa mère, comme s'ils étaient deux camarades.

Merlin reprit l'inventaire, il avait l'impression d'être parti bien loin. Des étagères avec des livres de poche, moitié adultes, moitié jeunesse. Un carnet relié avec un cadenas. S'il cherchait bien, il mettrait sûrement la main sur la clé. Des figurines de mangas. Cette chambre lui parlait de Scarlett. De la jeune fille en devenir, quasiment une étrangère.

Merlin le voyait bien avec Victoria et Émile, il ne s'en sortait pas si mal. Il fallait de la patience, de l'attention et beaucoup de bienveillance. Marianne et Noé lui avaient certifié qu'il en serait incapable, ayant déjà du mal à veiller sur lui-même. Il les avait crus. S'il voulait noircir le tableau, il pouvait dire qu'ils lui avaient volé sa fille : ils l'avaient manipulé, profitant de sa fragilité et de sa naïveté.

Un iPod était relié à une chaîne rose métallisé. Il regarda les quelques CD en sursis sur la tour en bois désertée. Il ne connaissait pas les artistes qu'écoutait Scarlett. Il se sentit décalé. La musique le fatiguait vite. Il avait assez avec les mots dans sa tête, ils ne laissaient pas beaucoup de place pour les sons. Il se méfiait désormais de tout ce qui lui faisait perdre le contrôle.

Il y a trois mois, il était passé chercher à la sortie de son travail le seul copain d'enfance qu'il continuait à fréquenter, coiffeur dans un studio photos. C'était Aissatou qui l'avait reconnu. Elle était métamorphosée. Elle lui avait montré les trombines de Victoria et d'Émile sur son portable. Il l'avait trouvée émouvante et y avait vu un signe. Il lui avait parlé de Scarlett, de son projet de la reprendre avec lui, des difficultés à surmonter (pas de logement, peu d'argent, il lui filait entre les doigts, non qu'il le dépensât, mais les gens profitaient souvent de sa générosité). Le courant était tout de suite passé entre eux. Elle n'était pas narcissique comme les autres top-modèles, ses ambitions étaient ailleurs. Grâce à l'agence de mannequins, elle allait bientôt obtenir des papiers. Le père des enfants était français, mais n'avait pas voulu l'épouser. Il lui avait menti, son dernier divorce n'avait pas encore été prononcé.

Par la fenêtre, Merlin aperçut Scarlett qui s'éloignait de la villa.

Scarlett

Scarlett chercha dans sa poche, elle avait oublié ses cigarettes dans sa veste en jean. Elle rit toute seule en revoyant la tête des trois terreurs. La veille, elle en avait eu assez de leur petit jeu et décidé d'y mettre un terme. Elle avait parlé des visites que le fantôme lui rendait depuis des mois et raconté comment elle s'en était fait une amie. Pour finir, elle les avait menacés. Ça avait porté ses fruits, ils avaient détalé comme des lapins dans la journée.

– Scarlett !

Merlin courait derrière elle. Elle se retourna, maussade.

– Ça ne peut pas attendre ?

– Je pars dans une heure, alors non.

Elle le laissa arriver à son niveau, puis reprit sa marche, mâchouillant une grande herbe à défaut d'autre chose.

– Où avais-tu disparu samedi soir ?

Il faisait allusion à son escapade chez Simon. Il était le seul à avoir remarqué son absence.

– Ça ne te regarde pas.

– Bien sûr que si. Je suis ton père.

– Arrête ton cinéma !

– De quoi tu parles ?

– Ils m'élèvent depuis dix ans, ma vie est avec eux.

– Donc c'est un non définitif ?

Elle hocha la tête.

– Scarlett, on pourrait essayer et, si ça ne te plaît pas, tu… Tu sais, je peux récupérer ta garde auprès d'un juge, bafouilla-t-il.

– Ça m'étonnerait.

Elle l'examina. Ses traits étaient tirés, ses yeux cernés, son cheveu terne et emmêlé. Il était habillé n'importe comment, sa chemise à carreaux rouge et blanc, ouverte sur son torse glabre, était à moitié rentrée dans un pantalon beige déchiré au genou.

– Mais qu'est-ce que je t'ai fait ? implora Merlin en reboutonnant et réajustant sa chemise, se passant la main dans sa tignasse, comme si soudain il voulait se rendre présentable.

– Vous m'avez abandonnée, voilà, c'est une raison bien suffisante. Marianne et Noé m'ont ouvert leur porte, leurs bras, leur cœur. Ils m'ont donné tout ce dont j'avais besoin.

Merlin se mit à pleurer.

– Tu ne sais même pas contenir tes larmes, murmura-t-elle, dégoûtée.

Il s'efforçait de prendre sur lui, ça se voyait. On lisait en lui comme dans un livre ouvert.

– Tu me rends triste, Scarlett, je ne te croyais pas si…

La voix de Scarlett, méconnaissable, se brisa en montant dans les aigus.

– Si, quoi ? Tu me connais à peine. Comment pourrais-tu savoir qui je suis *réellement* ? Et pendant qu'on y est, si la femme qui m'a mise au monde veut me revoir un jour, c'est *niet*, tu m'entends ? Je préférerais encore me jeter par la fenêtre que de devoir la rencontrer.

Merlin esquissa un geste et Scarlett recula.

– Ne répète jamais ça ! tonna-t-il, le regard mauvais.

– Merlin, tu me fiches la frousse quand tu es comme ça. Comment veux-tu que je vive avec toi ?

– Tu ne voudrais pas m'appeler papa au moins une fois ? balbutia-t-il.

Une femme avec des enfants – des touristes – les dévisagea, et Scarlett leur adressa une affreuse grimace. Elle seule avait le droit de juger son père indigne.

– Tu dérailles complètement, mon vieux. Je crois que tu n'as pas encore fini de régler tes problèmes.

Elle fut surprise qu'il la prenne dans ses bras. Elle ne se souvenait pas que ce soit jamais arrivé. Elle se rappelait vaguement sa mère. Une sensation pas très agréable, douce et rugueuse, inconfortable. La première fois qu'elle avait vu Merlin, elle avait été pleine d'espoirs, mais il n'avait pas été à la hauteur. Toutes ces années, elle avait attendu, et il ne s'était rien passé. Elle avait calfeutré son cœur.

– Je t'aime, Scarlett.

C'en fut trop pour la jeune fille, des larmes roulèrent sur ses joues.

– Je dois rester avec eux… murmura-t-elle.

– Alors, c'est à moi de prendre mon mal en patience, tu m'as attendu toutes ces années, c'est à mon tour.

Scarlett pensa à sa vie, ici, à la mer. Elle était isolée, avait peu d'amies, autant dire aucune. Elle pâtissait de ses nombreuses particularités : elle vivait avec ses grands-parents, son physique était peu commun, elle avait des idées bizarres qu'elle ne parvenait pas à garder pour elle, elle parlait aux fantômes. On la regardait de travers, comme une pestiférée. On se moquait de Marianne, de ses jupes à volants, de sa chevelure lâchée, derrière leur dos on les traitait de sorcières, elle entendait tout.

– Papa, papa, papa, chantonna-t-elle.

– Je suis là.

– Papa ? répéta-t-elle.

Ça sonnait décidément bien dans sa bouche, elle aimait quand ses lèvres redoublaient cette syllabe, elle se sentait plus forte.

– Oui ? murmura Merlin.

– Est-ce qu'il y a un fantôme dans la maison ?

Elle avait peur de la réponse, peur d'être folle ou prise pour telle. D'être déçue aussi. Depuis la veille, il ne répondait plus. Elle avait rompu le sortilège en parlant aux triplés, ils avaient dû l'embarquer dans leurs sacs à dos.

– Il est comment ton fantôme ?

– C'est une petite fille. Elle a deux fossettes, et des boucles encadrent son visage.

– Elle s'appelle Violette, c'est ma sœur.

L'adolescente encaissa le choc, elle n'était donc pas si fêlée, mais cela ne la rassura pas pour autant.

– Violette, répéta Scarlett pour enregistrer cette précieuse information… Je l'avais appelée Bonnie comme dans *Autant en emporte le vent*.

– C'était une bonne idée…

– Qu'est-ce qui s'est passé ?

Il hésita avant de répondre.

– Les enfants ne savent pas voler.

– Tu avais quel âge ?

– Trois. Elle, à peine plus…

Le cœur de Scarlett se serra. Elle s'accrocha à Merlin, renifla dans son pull bleu électrique qu'il venait d'enfiler et qui grattait depuis toujours.

– Je crois qu'elle est partie à cause de moi, avoua-t-elle.

– Il serait temps au bout de trente ans, tu ne crois pas ? dit son père, en lui caressant la joue.

Ils restèrent un moment sans rien dire, puis Merlin se dégagea de leur étreinte.

– Je suis désolé, mais je dois y aller. Tu me diras si elle revient ? J'espère qu'elle a trouvé la paix, où qu'elle soit.

– Tu peux compter sur moi.

– À très vite, ma puce. Je sais que je n'ai pas beaucoup à t'offrir, mais je m'améliore, enfin j'essaie…

Il s'éloigna, il lui manquait déjà, elle aurait voulu qu'il la tienne dans ses bras comme ça, indéfiniment. C'était très différent de tout ce qu'elle connaissait.

Marianne

– Mamie, tu vas me manquer !

– Toi aussi, mon poussin.

Pendant tout le séjour, Zoé l'avait secondée dans les préparatifs. Elle avait été adorable, solaire. Elle lui rappelait Lena quand elle était toute petite.

Sa fille aînée s'avança, pâle comme un linge.

– Au revoir, maman. Merci encore.

– À bientôt, ma chérie. Prends soin de toi.

– On viendra probablement en août, une dizaine de jours, lui répondit-elle d'une voix métallique.

– Viens quand tu veux. La maison t'est grande ouverte.

Lena eut un sourire forcé qui lui découvrit les gencives. Peu après la Scenic mauve s'éloigna. Vincent klaxonna et Zoé lui adressa de grands signes de la main.

Marianne se sentit harassée tout à coup, elle manqua de tomber. Elle s'étendit sur le canapé, un coussin sous la tête, un autre sous les pieds, et ne bougea plus pendant une dizaine de minutes. Noé lui servit, à sa demande, un amaretto, avant de monter se coucher. Ces grands raouts n'étaient plus de leur âge. Où était donc Scarlett ? Sûrement dans sa chambre, Marianne n'eut pas le courage de vérifier.

Merlin était parti comme un voleur juste avant le déjeuner. C'était la première fois qu'il leur faisait un coup pareil. Elle lui avait préparé son plat préféré, un tajine d'agneau aux fruits secs. Elle avait pensé bon débarras, puis avait pleuré pour la seconde fois en quatre jours. Pauvre Merlin, il était tellement instable, fragile, inadapté au monde, depuis la mort de Violette. Des deux, on aurait dit qu'il était le plus grand, comme s'il voulait la protéger, être à la hauteur de leurs jeux. Quel déchirement de l'entendre l'appeler la nuit « Lette, Lette », ce petit nom qu'il lui avait donné, bébé (sans doute la première chose qu'il ait prononcée). Merlin s'était remis à salir ses draps après, ça avait duré de nombreuses années, il avait été suivi pour ça, et le reste.

Aujourd'hui Marianne risquait de le perdre. Il faudrait lui téléphoner. Elle aimait ses enfants. Elle ne savait pas pourquoi elle était si dure parfois. L'image de sa mère se dessina devant ses yeux, cette mère à laquelle elle s'était juré de ne jamais ressembler. Solange pouvait être tellement blessante, elle distribuait caresses et remarques cinglantes dans le même mouvement. D'une manière générale, elle jugeait sa fille vulgaire et lui avait notamment beaucoup reproché d'avoir débauché un homme marié. En revanche, elle avait adulé ses garçons, leur passant toutes leurs frasques. Il s'en était fallu de peu que le premier ne finisse en prison, tandis que le second engrossait des jeunes demoiselles qu'il abandonnait aussitôt. Quant à leur père, c'était un homme transparent qui avait disparu du jour au lendemain. Il avait peut-être été plus heureux sous d'autres cieux.

À chaque fois qu'elle avait vu Violette, la mère de Marianne avait soupiré « Pauvre chou ! » sans raison. Elle avait catalogué Merlin comme fantasque et turbulent, ignoré Achille de façon ostentatoire et encensé Lena qui avait endossé son rôle de petite-fille parfaite. C'était Solange qui avait confectionné les ailes de libellule, transparentes et légèrement bleutées. Violette en réclamait depuis des mois. Voler, c'était son obsession. Une semaine auparavant, Marianne l'avait surprise en haut du toboggan, s'apprêtant à sauter, et elle avait enfoui les ailes au fond de l'armoire de la salle de jeux, après lui avoir fait la leçon. Sa mère avait été dure avec elle dans sa jeunesse, elle le lui avait rendu au centuple. Après l'enterrement de Violette, Solange n'avait plus eu le droit de revoir ses petits-enfants.

Marianne avala des comprimés contre la migraine qui la gagnait et posa une compresse d'eau chaude sur son front. Et si Merlin avait raison cette fois ? Il méritait sans doute qu'on lui donne sa chance d'autant que Scarlett n'allait pas tarder à s'ennuyer ici. Il faudrait y réfléchir, même si ça leur briserait le cœur, à Noé et elle.

Le téléphone sonna. Sa fille était en pleurs, hachant ses mots, le débit rapide, et Marianne ne comprenait rien.

– Respire, comme au yoga ! Pose le combiné à côté de toi, on va le faire ensemble.

Marianne entendit le souffle de son enfant, si loin, si proche. Son bébé. Pourquoi avaient-ils grandi ? Pourquoi étaient-ils tous partis ?

– Ça va mieux ?

– Oui, renifla Stella.

– Alors raconte-moi ce qui se passe.

– C'est Charlotte.

Il y eut un blanc. Marianne attendit la suite, le cœur battant.

– C'est fini… lâcha Stella.

– Ma pauvre chérie !

Au début, Marianne avait pensé que c'était une simple passade. Stella était bien sortie avec des garçons lorsqu'elle était adolescente. Et puis Charlotte était entrée dans sa vie. Marianne s'était habituée à sa présence. La jeune femme était agréable, souriante, discrète, mettait la main à la pâte. La belle-fille idéale.

– C'est moi, reprit Stella. Il valait mieux arrêter maintenant, mais c'est dur.

Pourquoi maintenant ? C'était une énigme qu'il lui faudrait résoudre. Sa fille sanglotait toujours.

– Tu veux que je vienne ? demanda Marianne.

– Je me sens tellement lâche et soulagée en même temps. Je n'étais pas prête, je ne le serai sûrement jamais.

Marianne était perdue. Ce qui était certain, c'était que l'autre jour dans la véranda sa fille avait voulu lui dire quelque chose et qu'elle n'avait pas voulu l'entendre.

– Tu me raconteras ça tout à l'heure.

– Je n'ai pas envie d'en parler, maman, mais tu peux venir me tenir compagnie, la nuit va être rude.

Marianne jeta quelques vêtements et produits de toilette dans une valise. Son mari s'était assoupi, ça ne servirait à rien de le réveiller.

Toute petite, Stella l'avait souvent *dérangée*. Le mot était effrayant et d'ailleurs Marianne s'était parfois sentie monstrueuse. Les premières années, elle lui rappelait Violette. Parfois cette ressemblance était si insupportable qu'elle détalait, prétextant un stage de dessin, ou pire la laissait chez la nourrice quelques jours. Quand Stella avait passé le cap des cinq ans, elle avait pu commencer à l'aimer.

Scarlett écrivait une lettre sur son lit, le casque sur les oreilles. Marianne n'eut pas le cran de lui proposer de l'accompagner, elle serait rassurée de la savoir auprès de Noé. Il avait l'air exténué, comme s'il pouvait s'éteindre dans son sommeil.

Il lui était arrivé de penser que si Violette était allée à l'école, quelqu'un probablement aurait tiré la sonnette d'alarme et peut-être auraient-ils pu éviter cette tragédie. Elle n'en avait parlé qu'une seule fois avec son mari. Elle avait été maladroite – comme souvent, elle le reconnaissait aisément –, et Noé avait quitté leur domicile pendant près d'une semaine. Elle n'avait jamais su où il s'était réfugié, même si elle avait sa petite idée. (Elle avait fermé les yeux sur les infidélités de son époux, elle avait eu les siennes.)

Ça ne servait à rien de remuer tout ça. Violette était Violette, et elle était morte. Stella était Stella, et elle était vivante, et elle avait besoin d'elle.

L’air lui fit du bien. Marianne en prit une grande bouffée avant de monter dans sa voiture. Elle n’avait pas vu la mer aujourd’hui, elle n’en conçut aucun regret. Elle glissa une cassette de Dylan dans l’autoradio. Il lui tardait d’arriver, Paris lui manquait, elle ne pourrait pas rester éternellement ici.

Lena

À la station-service, Lena retrouva la lettre chiffonnée dans son portefeuille. Ils s'étaient arrêtés pour prendre de l'essence et une bouteille de Coca light pour Vincent. Elle alla s'enfermer dans les toilettes. Les murs étaient couverts de graffitis obscènes et de numéros de téléphone. Elle s'était souvent demandé qui décrocherait si elle composait l'un d'eux.

Avant de partir de la villa, elle était allée faire un tour dans l'ancienne salle de jeux. Le papier peint suranné illustré de saynètes de la Comtesse de Ségur s'était encore détérioré depuis sa dernière visite, il avait jauni et des souris l'avaient déchiqueté. Lena avait toujours aimé farfouiller, comme si elle cherchait des réponses. Un jour, en tombant sur le livret de famille, elle avait compris qu'on lui avait menti sur la date de décès de sa sœur. Elle avait mené son enquête auprès de sa tante. (Il était hors de question qu'elle interroge ses parents à ce sujet.) Rachel lui avait révélé la vérité, ce demi-mensonge qu'ils avaient inventé pour – pourquoi au juste ? – se donner quelques jours avant de lui apprendre la nouvelle. Ils avaient eu peur pour sa santé, peur de la perdre dans la foulée. Ils avaient juste retardé le moment de lui briser le cœur.

Sans doute Stella avait-elle eu raison de répondre aux questions de Zoé. Lena regrettait de ne pas avoir discuté davantage avec sa sœur. Il faudrait retisser tous ces liens. Elle était née après le drame, un rang difficile à tenir. (Toutefois, si elle voulait être honnête, Lena avait adoré la période de la petite enfance de Stella.)

N'ayant rien découvert d'intéressant, ayant épuisé le lieu et ses ressources depuis longtemps, Lena s'était introduite dans le bureau de son père. Elle n'avait pas eu à chercher, c'était sous ses yeux, sur la table en acajou, comme si ce bout de lettre l'attendait. Elle y avait vu son prénom. Elle avait reconnu l'écriture de son père qu'elle avait appris à déchiffrer. Le reste de la lettre était réduit en confettis au fond de la corbeille à papier. Elle n'avait plus la patience ni le goût pour les puzzles de ce type. Elle avait froissé la feuille dans sa main moite, avant de la glisser dans son sac.

Dans les toilettes de la station-service, Lena ne pleura pas en lisant les mots qui la concernaient, qui lui étaient adressés. Son père voyait juste, elle courait au désastre. Quand elle revint à la voiture, les enfants s'étaient assoupis dans leurs sièges auto. Elle raconta qu'elle avait oublié quelque chose à la villa – son portable. Son mari ne broncha pas, tout juste lui lança-t-il un regard interrogatif.

Arrivés devant *Les Myosotis*, Lena s'y engouffra. Quand elle revint cinq minutes plus tard, elle fit signe à Vincent de baisser sa vitre.

– Je reste. Appelle ta mère, elle se fera une joie de venir garder ses petits-enfants. C'est ça ou…

Il eut l'air éberlué et perdu. Elle l'embrassa religieusement sur la bouche.

– Je ne serai pas absente longtemps. Deux trois jours à tout casser.

Son père l'avait accueillie en la serrant dans ses bras. Dans trois jours, il serait temps de partir, mais pour l'heure il allait prendre soin d'elle. Enfin.

DU MÊME AUTEUR

L'Inattendue
Éditions du Rouergue, 2003
et « Pocket », n° 13198

En douce
Éditions du Rouergue, 2004
et « Pocket », n° 12442

À ta place
Éditions de l'Olivier, 2006
et « Points », n° P1718

Comme une mère
Éditions de l'Olivier, 2008
et « Points », n° 2144

LIVRES POUR LA JEUNESSE

Mon nouveau frère
L'École des loisirs, 2004

À quoi tu penses ?
L'École des loisirs, 2004

Pattes de mouche
L'École des loisirs, 2004

Je ne suis pas une fille facile
L'École des loisirs, 2005

La Famille de mon frère
L'École des loisirs, 2005

À peine un peu de bruit
L'École des loisirs, 2006

Sors de ta chambre !
L'École des loisirs, 2007

C'est quoi, ce cirque ?
L'École des loisirs, 2007

Un automne à Kyoto
L'École des loisirs, 2010

RÉALISATION : NORD COMPO À VILLENEUVE-D'ASCQ
IMPRESSION : CPI BRODARD ET TAUPIN À LA FLÈCHE
DÉPÔT LÉGAL : AVRIL 2012. N° 107752 (67162)
IMPRIMÉ EN FRANCE